光文社文庫

文庫書下ろし／傑作時代小説

門前町大変

新・木戸番影始末㈣

喜安幸夫

光　文　社

この作品は光文社文庫のために書下ろされました。

目次

江戸市中略図
日光御成街道
中山道
駒込
白山
日暮里
根岸
寛永寺
東叡山
小塚原
日本堤
新吉原
隅田川
寺島村
長命寺
竹屋之渡し
猿若町
浅草寺
小梅村
雑司ヶ谷
護国寺
大塚
御薬園
小石川
本郷
不忍池
東本願寺
雷門
吾妻橋
源森川
業平橋
竹町之渡し
浅草駒形堂
傳通院
江戸川
高田馬場
下谷広小路
新堀川
早稲田村
牛弁天
御徒町
御蔵前通り
大川
北割下水
神田明神
牛込
神田川
湯島
昌平橋
外神田
向柳原
御米蔵
石原町
本所
神楽坂
牛込
水道橋
表猿楽町
浅草橋
御竹蔵
南割下水
番町
田安御門
雉子橋御門
一橋御門
神田橋御門
筋違橋
柳原土手
内神田
両国広小路
両国橋
回向院
二ツ目之橋
三ツ目之橋
亀戸村
市谷
米沢町
薬研堀
一ツ目之橋
竪川
小伝馬町
大伝馬町
御材木蔵
四谷
四谷
横川
常盤橋御門
新大橋
麹町
半蔵御門
北町奉行所
葺屋町
小名木川
忍町
左門町
千代田城
日本橋
江戸橋
万年橋
深川
数寄屋町
組屋敷
八丁堀
日本橋川
仙台堀
西之御丸
南町奉行所
永代橋
平河町
楓川
富岡八幡宮
千日坂
赤坂御門
外桜田御門
霊岸島
元赤坂町
永田町
虎之御門
新シ橋
京橋
八丁堀
木場
千駄ヶ谷
幸橋
木挽町
石川島
越中島
三十間堀
洲崎
溜池
西本願寺
愛宕下
土橋
芝口橋
汐留橋
佃島
氷川明神
新下谷町
青山原宿町
東海道
神谷町
渋谷川
濱御殿
六本木
増上寺
飯倉片町
中之橋
赤羽橋
渋谷村
麻布村
金杉川
江戸湊
善福寺
一ノ橋
二ノ橋
三田町
芝
下渋谷村
将監橋
金杉橋
麻布広尾町
古川町
三ノ橋
上目黒村
渋谷広尾町
天現寺
古川
四ノ橋
薩州蔵屋敷
麻布
泉岳寺
泉岳寺門前町
袖ケ浦
次頁拡大図
白金
目黒川
下目黒村
御殿山
品川北
大崎村
品川南
桐ヶ谷
北
東
南
西

泉岳寺周辺略図
古川町
古川
永松町
豊岡町
功運寺
通新町
横新町
芝田町
薩州蔵屋敷
元札辻
東海道
黒鍬組屋敷
魚籃坂
三田八幡神社
三田北代地町
魚籃観音
大円寺
三田台町
伊皿子台町
伊皿子坂
細川越中守屋敷
大御番組
車町横町
下高輪台町
高札
代地樹木谷
長應寺
縄手道
車町
高輪大木戸
三田南代地
泉岳寺
(赤穂四十七士の墓)
泉岳寺門前町
如来寺
木戸番小屋
大仏
二本榎町
太子堂・庚申堂
高輪北町
高輪北横町
袖ケ浦
高野寺
高輪中町
東禅寺
高輪南町
白金猿町
高山稲荷
御用地
品川台町
松平大和守屋敷
品川歩行新宿一丁目
御台場
品川歩行新宿二丁目
猟師町
善福寺
御殿山
大崎村
品川北本宿
北馬場町
目黒川
品川橋
品川南本宿
北
東
南
西

町内騒動の兆し

一

「あとすこし、きょうも平穏に終わってくれそうだわい」

木戸番人の杢之助《もくのすけ》は、口の中でつぶやいた。

きょうもきのうにつづき、町に揉《も》め事《ごと》などなく、一日が終わってくれる。それが杢之助の望みであり、生きるのに必要なことだった。

夜更《よふ》けの町内に拍子木《ひょうしぎ》を打ち、一回目の夜まわりから戻って来たところだ。宵《よい》の五ツ（およそ午後八時）と夜四《よる》ツ《よ》（およそ午後十時）の二回、どの町の木戸番人も、町内の見まわりに出る。

その二回目の見まわりまで、一刻《いっとき》（およそ二時間）ほどある。〝あとすこし〟とつぶやいたのは、このことだった。

午間《ひるま》はきのうにつづき、町内に住人の揉め事も参詣人《さんけいにん》に難儀もなかった。この分だと〝きょうも平穏に終わってくれそう〟だった。

天保《てんぽう》九年（一八三八）盛夏も水無月《みなづき》（六月）のなかば、高輪《たかなわ》の泉岳寺門前町《せんがくじもんぜんちょう》は、江戸湾《えどわん》の袖ケ浦《そでがうら》の海浜に面し、陽《ひ》のあるうちは暑くとも、日暮れればゆるやかな風が海に向かってながれ、蒸し暑さは消え爽快《そうかい》な気分になる。

拍子木の紐《ひも》を首にかけ、〝泉岳寺門前町〟と墨書された提灯《ちょうちん》を手に、人の気配の絶えた街道に出た。

夜の漁《りょう》か沖合に漁火《いさりび》がまばらに見える。あとは、闇から波の音がわき起こってくるばかりだ。

「さてと」

声に出し、背後の木戸番小屋に戻ろうとして、

（ん？）

足をとめた。

まだ開けている木戸の柵《さく》が、木戸番小屋の板壁と向かいの茶店日向亭《ちゃみせひゅうがてい》の雨戸に張り付いている。その日向亭のほうの木戸の陰に、人の気配を感じたのだ。

（身を潜《ひそ》めている）

そんな気配だ。

こんな時分に街道の陰に身を隠しているなど、およそ夜逃げか盗賊以外に考えられない。

影は格子《こうし》状の木戸の内側にいる。不意に飛びかかって来る心配はない。それでも
李之助は用心深く近寄り、提灯をかざし、

「そこにどなたかおいでかな。儂《わし》は見てのとおり、この町の木戸番じゃ」

言いながら提灯を自分の身に近づけた。

地味な着物を尻端折《しりはしより》に、黒っぽい股引《ももひき》を着《つ》け、拍子木の紐を首にかけ、町名の墨書された提灯を手に、年寄りじみた姿でいくらか前かがみになって、下駄の歩を進める。冬場なら寒さ除《よ》けに、手拭《てぬぐ》いで頬《ほお》かぶりをする。どの町でも見かける、木戸番人の姿だ。それに木戸番人は、他の住人と区別をつけるためか、夏でも冬でも白《しろ》足袋《たび》を履《は》くのが決まりである。

町の名が墨書された提灯に浮かぶ李之助の姿は、まさしくどの町にもいる木戸番人の装《よそお》いだ。

人影はそれを見て安心したか、うずくまっていたのがゆっくりと身を起こした。

すくなくとも、盗賊ではなさそうだ。

ふたたび提灯を人影にかざし、

「えっ」

李之助は声を上げた。

女ではないか。髷《まげ》がかなり崩《くず》れ、着物も乱れている。胸に風呂敷包みを抱え持ち、どう見ても旅装束《たびしょうぞく》ではない。ならば、

（夜逃げ）

とっさに李之助は思った。

こうした場合、

（張りつめた気を、まずほぐしてやるのが第一）

李之助は、十数年にわたる木戸番稼業《かぎょう》から心得ている。

語りかけた。

「こんな時分に、かようなところへ。よほどの事情がありなさろう。ともかく、出て来なせえ」

「木戸番さんですか。いま出ます。女の身で、怪《あや》しい者じゃありませぬ」

「あはは、怪しいかどうかは、こちらが決めること。ただ、なにか困っていなさるような。さあ」

李之助は提灯を女の足元に近づけた。

声のかけ方がよかったか、労《いた》わるような所作も効《き》いたか、強張《こわば》っていた女の身が和《やわ》らいだのが感じ取れる。

木戸の太い格子の裏側から、女は出て来た。

いかにも急ごしらえといった、風呂敷包みを抱え込んでいる。その手も足も土にまみれ、草鞋《わらじ》の紐をきつく結んだ足には、枯れた笹の葉まで付着していた。

年増《としま》で三十路《みそじ》は超していようか、器量も人並みで悪くはない。

（この女、亭主に恵まれなかったか）

漠然《ばくぜん》とだが、杢之助は想像した。

野性的なところに惹《ひ》かれて一緒になってみたら、男はただ粗野《そや》なだけで、女房への暴力は日常的だったなどの話はよく聞く。さらに好《す》き合《お》うて一緒になったものの、男は病的に手くせが悪く、お上《かみ》の手を煩《わずら》わせるのもしばしばで、そのうち腕に入墨《いれずみ》が入り、かばっていると女房まで奉行所のお白洲《しらす》に縄付きで引き出されかねないといった、憐《あわ》れな女もいる。

もちろんまじめな男が、色香《いろか》に迷って娶《めと》ると、とんだ不見転《みずてん》で大枚《たいまい》の手切れ金を払って離縁したという話もある。

夫婦間で亭主が被害者なら、手切れ金など払わずに三行半《みくだりはん》（離縁状）一枚で追い出すこともできる。だが亭主に非がある場合、それがいかに理不尽であろうと、女のほうから三行半を認《したた》めることはできない。

李之助は一度、泉岳寺門前町に入るまえだが、面倒見のいい木戸番人として、そうした例の女から相談を受けたことがある。しばらく女を隠し亭主に反省する機会を与え、時間をかけて元の鞘《さや》に収めた。

もう幾年もまえのそれが瞬時、脳裡《のうり》を巡った。

「ここじゃなんだ。疲れてもいなさろう。暫時《ざんじ》、番小屋で休んでいきなされ。ほれ、そこじゃ」

李之助は提灯で向かいの木戸番小屋を示した。

女はうなずいた。

番小屋の中は暗い、提灯の火を油皿《あぶらざら》の灯芯《とうしん》に戻した。直接の灯《あか》りとなるから、提灯の灯りよりかなり明るく感じる。思った以上に女の手足は汚れ、いずれかの竹《たけ》藪《やぶ》を抜けたか、足だけでなく着物の袖《そで》にまで竹笹《たけざさ》が付着している。女は慌てたようにそれを払い落とした。走ったのか着物の裾《すそ》は乱れ、首筋に汗がにじみ出ている。

「ともかく汚れを落としなせえ」

李之助は言うと、三和土《たたき》の隅の水瓶《みずがめ》に柄杓《ひしやく》を入れ、

「残り、あるかなあ」

と、つぶやき、底をさらうような音を立て、桶《おけ》に水をそそいだ。顔をぬぐい、手足を洗うには間に合いそうだった。

「少のうてすまねえが、これでさっぱりしなせえ」

「もったいのうございます」

女は三和土にしゃがみ込み、手拭いを桶の水に浸《ひた》し、手と顔を洗い、首筋をぬぐった。それから草鞋の紐を解き、足も洗った。

「このお水、汚してしまいました。外に撒《ま》いてもよござんしょうか」

女は口調にいくらか伝法《でんぽう》なところがあるようだ。李之助がうなずくと、

「それでは」

と、桶を手に腰を上げ、敷居の外へ撒いた。ほとんど泥水になっていた。

この一連の所作から、女が几帳面《きちょうめん》な性質《たち》であることが看《み》て取れる。

(この女人《にょにん》、日ごろから何事も計画的に、そつなくこなしているのだろう。それが夜逃げとは、いかような事情か)

と、そのほうに興味を持った。

だが、門前町の住人でもない女に、夜逃げの理由《わけ》を詳しく訊《き》くのは憚《はばか》られる。

それに、女が乱暴者の亭主から逃げて来たと決まったわけでもない。ほかになにか他人《ひと》に言えない理由があるのかも知れない。

(聞いて係《かか》り合《あ》いになってしもうては事《こと》だ)

とも思えてくる。

訊かないことにした。


ようやく女はさっぱりしたようすになり、すり切れ畳の上にくつろいだようだ。薬缶《やかん》の冷めた茶をそそぎ、ひと息ついたところで割れた煎餅《せんべい》なども出した。向かいの日向亭が、客に出せなくなった煎餅など、よく木戸番小屋に持って来るのだ。女は音を立てて食べた。腹も減っていたようだ。

「こんな親切な木戸番さんに出会えたの、初めてでございます」

女はあらためて礼を言い、杢之助は返した。

「なあに、袖振《ふ》り合うも多生《たしょう》の縁《えん》じゃ。それに難儀している人の面倒をみるのも、木戸番人の仕事の一つでしてなあ」

女は不思議そうに、年輪のように皺《しわ》を刻んだ杢之助の顔を見つめ、

「ここまでご親切にしていただいて、お訊《き》きにならないのですか」

「なにを？」

「あたしの名も素性も、どこから来てどんな理由《わけ》であんな木戸の隅に隠れていたかも、さっきからまったく訊こうとなさらない。なんだか恐いほどに」

実際、ここまで親切にしてもらって、まったくなにも訊かれないなど、

（この木戸番さん、すべてをお見通しでは）

などと、脛《すね》に傷を持つ者なら、かえって不気味さを覚えるだろう。まさしくこの女がいま、それであった。だからであろう、

「あたし、男運《おとこうん》に恵まれませんでした」

みずから語り始めた。

「ふむ」

杢之助がうなずくと、

「見てください」

と、女は右手で左手の袖を押し上げて二の腕を見せた。

「うっ、それは!?」

「はい。このような痣《あざ》が、全身にあるのです。この腕のときも、きのうのことですが、骨まで砕《くだ》かれるかと思ったほどでした」

杢之助は女の二の腕に顔を近づけた。皮が破れ、血も出ただろう。角《かど》のある薪雑棒《まきざっぽう》なら、話すとおり骨にひびが入っていたかも知れない。

「すりこぎなんです。腕だけじゃありません」

「うーん。相当非道《ひで》えご亭主のようだなあ」

「あんなのに〝ご〟など付けないでください。鬼です、あれは。これ以上一緒にいたんじゃ、ほんとにあたし殺されると思い……」

「きょう暗くなってから、逃げ出したかい」

「はい」

「寄る辺《よるべ》はありなさるか。こんな真夜中に女が一人、危ねえことこの上ねえ。どうだろう、あした朝までここに居なさらんか。もし追いかける者がいたら、まだ町々の木戸が開いているいま時分が一番危ねえ。朝は朝でも、明るうなるすこしまえに発《た》ちゃあいい。追う者にとって、その時分が一番手薄になる」

「いえ。そこまで親切にしていただいては、あまりにもご迷惑な」

「なにが迷惑なもんか。木戸番小屋はなあ〝生きた親仁《おやじ》の捨て処《どころ》〟というて、年寄りの一人暮らしだ。朝も暗いうちに発ちゃあ、町の者に見られる心配もねえ」

「ご親切はありがたいのですが、あしたの朝一番の舟に乗りたいのです。六郷《ろくごう》の渡しです。川崎《かわさき》に寄る辺があり、一刻も早《はよ》うそこに落ち着きたいのです」

なるほど川崎は、東海道《とうかいどう》で品川《しながわ》に次いで二つ目の宿場で、その手前に六郷川が流れ、橋はなく渡し場がある。渡し舟は夜明けとともに漕ぎ出す。一番舟に乗るには、品川宿《しゅく》をまだ暗いうちに発たねばならない。

「そうかい。そんなら引き留めはしねえ。おっと、話しているうちに時間がたっちまったい。もうそろそろ二回目の夜まわりに出なきゃならねえ。拍子木を叩いて、町内を一巡するだけだから、待ちなさるかね。一人でそっと出てもいいですぜ。木戸はまだ閉めておらんから」

「ほんとに、ほんとに何からなにまでご親切に、ありがとうございます」

女の心からの声だった。どこからどこをどう経て来たか知らないが、雨でもないのに手も足も土だらけで、髷も着物も乱れた姿で朝を迎えれば、人目についてそれだけで怪しまれ、逃げることもできなくなっていただろう。

それを杢之助の親切から、木戸番小屋で身なりを整え、髷も自分で直せるところは直し、人前に出ても怪訝《けげん》に思われないほどに戻った。逃げる者にとって大事なことは、ともかく目立たないことである。これは杢之助が最もよく知るところだ。

「気を付けなせえよ。この時分に出会う者なんざ、ろくな奴らじゃねえからな」

言いながら李之助は拍子木の紐を首にかけ、油皿の火をふたたび提灯に移した。

女の表情が、初めてやわらいだ。

李之助は返した。

「儂《わし》は木戸番人じゃ。難渋しておいでの人を助けるのも仕事のうちでな。いつだったか、行き倒れの人を番小屋で休ませたこともあった。したが、こんな時分に人助けは初めてじゃ」

李之助だから、息を殺している人の気配も気づいたのだ。これが並みの木戸番人なら、この女とはまったく係り合いのないなかに、一日を終えたことだろう。

李之助はなおも心配そうに言う。

「こんな時分に人を見送るなんざ気が進まねえが、おめえさんが急いでいなさるのなら仕方あるめえ。此処《ここ》に提灯は町名入りのが一張《ひとはり》しかねえ。ま、さいわい今宵《こよい》は月明かりがあらあ。足元に気を付けて行きなせえ」

「木戸番さん、ほんとに親切なお人なんですねえ。夜道に提灯は、それだけで人目につきまする。こんな日は、ないほうがいいのです」

夜逃げに慣れているわけでもなかろうが、まさしくそのとおりなのだ。

言いながら二人はもう外に出ていた。

普段なら木戸番小屋の前で拍子木をひと打ちし、門前町の坂道に〝火の用心〟を唱《とな》えながら下駄《げた》の歩を踏むのだが、今宵は女と一緒に街道に出た。

間断のない波の音が、一帯の闇を押し包んでいる。

「この中におめえさんを送り出すなんざ、どうも気になるが、すこしでも危《あぶ》ねえと思うたら、遠慮はいらねえ。すぐに引き返して来なせえ」

「あい」

女は波の音のなかに返し、深ぶかと頭を下げ、夜の街道に歩を踏み出した。

杢之助はしばしたたずみ、その背を見送ったが、女は提灯を持っていないので、輪郭《りんかく》もすぐに見えなくなった。

(あの女人、提灯などないほうがいいとは、よく言ったものだ。女の身で、度胸のあるお人だ)

感心しながら向きをかえ、

――チョーン

拍子木を打ち、

「火のーよーじん、さっしゃりましょーっ」

門前町の上り坂へ歩を入れた。

泉岳寺の山門に達し、下りは町々の枝道や路地にまで、拍子木とともにくまなく歩を入れ、ふたたび木戸番小屋の前まで下りて来る。

杢之助にとっては、いつもの行事である。無人の街道に出て町の坂道に向かい、深ぶかと辞儀《じぎ》をし、

(いつまでも、この町に住まわせてくだせえ)

胸中に念じ、街道に面した木戸を閉め、きょう最後のひと打ちを響かせ、木戸番小屋に戻る。

留守にするとき、火の気は消して行く。町内の火の用心に出かけ、木戸番小屋から火を出したのでは目も当てられない。

(さあて、戻ってるかな)

思いながら、

「いなさるかい」

外から声をかけ、腰高障子を開けた。

いなかった。

(ふむ。やはり度胸のありなさるお人じゃ)

思いながら、提灯の火を油皿の灯芯に移した。

二

翌朝、いつものように杢之助は日の出まえに木戸を開けた。

いずれの町も、日の出の明け六ツに木戸を開けるのが決まりである。それが木戸番人の一日の仕事始めだ。

杢之助が泉岳寺門前町の木戸番小屋に入ってから、町の木戸は日の出とともにではなく、日の出まえには開くようになった。豆腐屋《とうふや》に納豆《なっとう》売り、しじみ売りに魚屋、八百屋と、朝の棒手振《ぼてふり》たちは、町々の住人の朝支度の短い時間が勝負時である。効率よくできるだけ多くの町をまわりたい。ひと呼吸でも早く開く木戸に、棒手振たちは集まる。

きょうも杢之助が木戸番小屋の腰高障子を開け、門前町の通りに出たとき、すでに木戸の外の街道には、いつもの棒手振たちが来て杢之助が番小屋から出て来るのを待っていた。

「おうおう、きょうも稼《かせ》いでいきねえ」

杢之助は言いながら木戸を開ける。

「おおう、木戸番さん。いつも日の出めえに、ありがてえぜ」

「泉岳寺さんから仕事にかかるのが、もうすっかり習慣になったぜ」

棒手振たちは口々に言いながら、開いたばかりの木戸を入り、朝の煙が立ちのぼり始めた泉岳寺門前町の通りに、それぞれの売り声をながす。

品川から来ている魚屋がいた。

杢之助は呼びとめ、

「品川できのうの夜かけさ早く、なにか騒ぎはなかったかい」

昨夜の女が気になるのだ。うまく行けば、もう六郷川の渡し場で舟が動くのを待っているはずだ。そこをもし追いかけて来た亭主に見つかれば、ひと悶着《もんちゃく》起こるはずだ。

「騒ぎ？　どんな騒ぎだい。品川にゃ遊郭《ゆうかく》もあるし、女の取り合いや酔っ払いの喧《けん》嘩《か》騒ぎならいつでもあらあ。また、どうして？」

「いや、なんでもねえ。きのう夕方、これから品川の色街へ繰り込むっていう若《わ》え《け》男たちが、ほれ、そこの茶店でひと休みして行きなすったもんで、ちょいと気になって訊いたまでさ。すまねえ、手間を取らせて。さあ、稼いで行きなせえ」

「おう。そうさせてもらうぜ」

魚屋は棒手振仲間のあとを追うように、煙の立ち込める坂道に入って行った。その背を見送りながら、

（いけねえ）

杢之助は思った。

乱暴者の亭主が、川崎に女の寄る辺のあることを知っているなら、六郷川の渡し場で待ち伏せるのが、最も考えられることだ。

（けさの六郷の渡しでひと悶着あるとすれば）

ちょうど日の出のいま時分ということになる。

品川の魚屋で朝が早いとはいえ、いまの六郷川のようすを知っているはずがない。目立ってはならない木戸番暮らしで、余計なことを訊いてしまった。だから〝いけねえ〟なのだ。

しかし気になる。相手が男ならさほど気にもならないが、女なのだ。夜の街道に飛び出して、無事六郷川の渡し場に着いたかどうかさえ分からない。途中で乱暴者の亭主以外にも、どんな災難が降りかかってくるか知れたものではない。

日の出から間もなく、向かいの日向亭の雨戸が開き、女中たちが縁台を街道に出し、門前町の通りにも据《す》えた。朝の早い参詣人がけっこういるのだ。街道にも門前

町の通りにも面した茶店の日向亭は、泉岳寺へのちょうどよい道しるべになり、茶店とはいえ重みのある店構えだ。

日向亭がおもてに出した縁台には、泉岳寺への参詣客だけでなく、街道の荷運び人足たちも、ちょいと休んでいく。落とす金はお茶一杯分だけで、数がそろってもさほど利にはならない。日向亭の女中たちはそうした客にも、丁寧に応対している。それだから店の評判は、この近辺できわめてよい。

品川方面から荷馬を曳《ひ》いて来た馬子《まご》や、大八車《だいはちぐるま》を牽《ひ》いて来た荷運び人足が、日向亭の縁台にしばし休息をとったときなど、杢之助はふらりと出て行って、

「品川のほうから来なすったかい。きのうの夜か今朝方《けさがた》よ、町中《まちなか》か六郷の渡しで、なにか騒ぎはなかったかい」

などとまたつい、訊いたりした。

収穫はなかった。

逆に、

「泉岳寺門前町の木戸番さんが、なんでそんなこと訊きなさる」

などと問い返されることもあった。

「いや、なんでもねえ。江戸府内のうわさはよく聞くのだが、西の方の話が少ねえ

もんでな。ただそれだけだ」

などと、わけの分からない返答をこしらえたこともある。

いつも縁台に出て、愛想よく茶汲《ちゃく》みをしているお千佳《ちか》が、

「きょうの木戸番さん、なんだかおかしい。おなじことばっかり訊いて。品川か六郷川に、なにかあるんですか」

訊いた。

今年十五歳の日向亭の女中だ。壊れた煎餅やかたちの崩れた団子などを、いつもあるじの翔右衛門《しょうえもん》に言われ、木戸番小屋に持って来るのはこのお千佳で、ちょいと小太りで愛嬌《あいきょう》のある娘だ。おもに外に出した縁台についている。杢之助が死んだ祖父に似ているらしく、ことさら杢之助には親切だ。翔右衛門の女房のお松《まつ》がお千佳の祖父を知っており、実際よく似ているらしい。

そうしたお千佳に、

（木戸番さん、いったいどうしたのかしら）

などと心配をかけるのはよくない。それに杢之助は、昨夜亭主から逃げて来た女を木戸番小屋ですこし休ませたことなど、なかったことにしたい。亭主かその手の者が、木戸番小屋に聞き込みを入れることがあれば、〝知らねえ〟と応《こた》えるつもり

だ。そのためには、身近な者から疑念を持たれてはならないのだ。

「いや、なんでもねえ。ただ最近、品川方面や六郷の渡し場のほうまで行ってねえからなあ。それだけだ」

「むかし飛脚《ひきゃく》さんだったから、渡し場などいつも通ってらしたんでしょうねえ」

「そういうことだ」

杢之助はさらりと返した。盗賊のまえ、飛脚稼業だったことに嘘《うそ》はない。だから還暦《かんれき》に近い現在《いま》でも足腰の達者は、若い者にも引けは取らないのだ。

陽が西の空にかたむきかけても、品川や六郷川のほうに揉め事があったといううわさなど、一向にながれて来なかった。

(無事、六郷川を渡り、とっくに川崎の寄る辺のもとに落ち着いている)

そう解釈することにした。そのほうが気も休まる。

(すり切れ畳の上で、ひと休みするか)

と、日向亭の縁台から腰を上げ、歩いて十歩の向かいの木戸番小屋に向かった。

背後から威勢のいい声が飛んで来た。

「おう。木戸番さん、どうしたい。もうお帰りかい」

「きょうはいい話がいっぺえあってよ」

権助《ごんすけ》駕籠《かご》の二人だ。

日向亭の縁台の常連客に駕籠舁《か》き人足もいる。とくにこの常連たちからお代を取ったりはしない。

木戸番小屋の横が、小さな空き地になっている。

そこが泉岳寺の参詣客や街道を往来する人々には便利な、駕籠溜《だま》りになっている。その奥に長屋があり、駕籠舁き人足たちが住み込んでいる。元締《もとじめ》などおらず、一組一組がその駕籠の持ち主であり、親方である。だからよく働き、稼ぎのいい日には早めに戻って来たりする。

権十《ごんじゅう》と助八《すけはち》だ。角顔で威勢のいいのが前棒《まえぼう》の権十で、丸顔で落ち着きのあるのが後棒《あとぼう》の助八だ。とくにこの二人は、朝出かけるときには木戸番小屋に声を入れ、早めに帰って来たときなど、日向亭の縁台に陣取り、お千佳の出したお茶をすすりながら、その日の町々のうわさ話などを一席披露《ひろう》するのが日課のようになっている。きょうはなにやら話したくなるようなうわさを、仕入れて来たようだ。

前棒で角顔の権十が言う。

「火盗改《かとうあらため》だぜ、火盗改。きのう武家屋敷に踏み込み、屋敷の殿《との》さんが段平《だんびら》振り回し、賭場《とば》は血の雨だったってよ」

権十の話だけでは状況がよく呑《の》み込めないが、ともかく火盗改の名が出たからには、血なまぐさい事件があったに違いない。それも舞台は武家屋敷ときている。

後棒で丸顔の助八が、補足するように言った。

「赤坂《あかさか》の武家屋敷さ。それも鉄砲箪笥《たんす》奉行の屋敷に、火盗改がお頭《かしら》の陣頭指揮で打込みさ。きのう夕方のことだってよ。赤坂界隈《かいわい》じゃもう、その話でもちきりさ」

まだよく分からない。

〝火盗改〟や〝血の雨〟などと、物騒な言葉が店の中にまで聞こえたか、亭主の翔右衛門が出てきて聞き役の一人に加わった。

杢之助が縁台に座った二人を交互に見て、自分もそこに座りなおし、

「なにやら物騒な話のようだが、分かるように順序立てて聞かせてくんねえ」

「いいともよ。ともかくすげえ話さ」

と、権十はお千佳の淹《い》れたお茶でひと口のどを湿らせ、

「きょうは高輪大木戸《おおきど》で客待ちしようかと、ここを出てから、ほれ、朝方木戸番さんにも言ったろう」

「ああ聞いた」

杢之助は返した。権十は朝の客待ちから話そうとしている。杢之助が〝順序立て

て〟と言ったものだから、まったくきょうの出発点までさかのぼったのだろう。順序立て過ぎる。

(ま、それもよかろう)

と、杢之助は口を容《い》れず、そこから聞くことにした。翔右衛門もとなりの縁台に腰かけ、お千佳の淹れた茶を手に、

「さあ、私も聞きましょう」

と、さきをうながした。

「へえ」

権十は聞き役が一人増えたことに気をよくしたか、ひときわ大きく返し、話し始めた。

「高輪大木戸の広小路で、さほど待つこともなく、ありゃあ品川の遊郭帰りだね。ふところのあったかそうな商家の旦那風から声がかかってよ。それが増上寺《ぞうじょうじ》門前の浜松町《はままつちょう》さね」

浜松町なら高輪大木戸から東海道を北へ、その沿道の町だ。旅装束の多い実務的な高輪近辺の町場より、増上寺の広大な門前町《もんぜんまち》と隣り合わせているせいか、おなじ街道筋でもかなり華《はな》やいだ雰囲気になっている。

「そのあとも浜松町近辺で、増上寺の参詣人かなあ。つぎつぎと客がつき、その合間に辻待《つじま》ちしているときによ、亭主殺しのすげえ女の話を聞いてよ」

「こらこら、権《ごん》よ。話を聞いたのは、浜松町の亭主殺しのほうがさきだったが、赤坂の事件のほうからさきに話しだしたんだろが。だったら赤坂のほうから話しなよ。そうじゃねえと、聞いているほうは話がこんがらがってよ、どっちも分かんなくなっちまうだろが」

なにやら、もう一つ話があるようだ。それも亭主殺しとは、穏やかでない。

前棒の権十の話は、いつもあっちに飛びこっちに飛びでまとまりがない。そこへ後棒の助八が助け船を出し、なんとかうまくまとめるのが常だ。きょうもさっそく二つの話がこんがらがり始めたのを、助八がうまく元に戻したようだ。

それによると、浜松町と増上寺の門前町界隈で幾人かの客がつき、その中の一人が赤坂までの遠乗りで、その赤坂で駕籠舁き仲間や町の住人から、火盗改が武家屋敷に打込んだ話を聞いたらしい。

武家屋敷でどんな御掟《ごじょう》に背《そむ》くことが行われていても、町方が踏み込むことはできない。踏み込めるのは、火付盗賊改《ひつけとうぞくあらため》方《がた》か目付《めつけ》だけなのだ。それも町場の民家のように突如打込むのではなく、屋敷の当主に筋を通し、遠慮がちに捜索に入るのだ。

しかも滅多にあることではない。

それがあった。きのう日暮れてからのことだという。ということは、李之助が一回目の火の用心から戻ってきて、木戸の陰にうずくまっている女を見つけた時分になろうか。

門前町や色街で開帳されている賭場に町方が踏み込み、胴元《どうもと》にも手下のやくざ者たちにも客にも一網打尽に縄をかけ、大番屋に引いて行く話はよく聞く。およそ博奕《ばくち》は夜が多く、町の住人がそれら縄付きの引かれ者を目にする機会は少ない。だが、翌朝にはうわさとなって町々にながれる。だから開帳する胴元も客も、いつ踏み込まれるか用心しながら丁半を打たなければならない。

その心配のない、賭場としては最も恵まれた安全な場所がある。武家屋敷の中《ちゅう》間《げん》部屋だ。そこなら裏門から出入りできる。町奉行所がその事実をつかんでも、町方が武家屋敷に踏み込むことなどできない。胴元も客も心置きなく丁半が張れる。屋敷には母屋《おもや》ではない裏手の中間部屋を貸すだけで、定期的に場所代《しょばだい》が入る。屋敷にとって、これほど楽な稼ぎはない。

だから、四百石取りや六百石取りの、広い拝領屋敷に入っている武家で、積極的に町のやくざ者と結託している屋敷がけっこうあるのだ。町方にすれば、分かっていて踏み込めない。これほどいまいましいことはない。

そこへ探索に制約のない火盗改が、なんの前触れもなく裏の勝手口を蹴破《けやぶ》り、踏み込んだのだ。赤坂の武家地で、鉄砲箪笥奉行小笠原壮次郎《おがさわらそうじろう》四百石の拝領屋敷だという。

町奉行所は大喜びかというと、その逆である。町奉行所にすれば、証拠は山ほどつかんでいても踏み込めない所へ、堂々と踏み込むのだから、これもまたいまいましいことだ。

火盗改の長官（お頭《かしら》）は、御先手組《おさきてぐみ》の弓之頭《ゆみのかしら》、筒之頭《つつのかしら》たちのなかから選ばれ、指名された頭の与力や同心たちが、そのままそっくり火盗改の与力、同心に就く。本業の御先手組の役務はそのままだから、火盗改の追加は加役《かやく》とも言われた。〝筒〟とはむろん鉄砲のことである。

それに町奉行所は任期が比較的長く、与力や同心、その他の小者《こもの》たちも、奉行が交替しても多くはそれぞれの役務を代々受け継ぎ、いわば専門職になっていた。

ところが火盗改は現職の御先手組のままの加役であるため、人によって異なるがおおよそ一年で交代してしまう。与力も同心も交替し、次に任命されたお頭の与力や同心たちが御先手組のまま新たな火盗改の与力、同心を兼務することになる。

だから探索に継続性がなく、跋扈《ばっこ》する盗賊ややくざ者の取締りは、有無《うむ》を言わせない乱暴なものになりがちだった。このため江戸の市井《しせい》では、火盗改を〝田舎芝居《いなかしばい》〟などと揶揄《やゆ》し、町奉行所を〝檜舞台《ひのき》〟と呼んでいた。

その火盗改が鉄砲箪笥奉行の屋敷に突如打込んだのだから、赤坂一円の者は驚いた。昨夜のことだから、話す口調も生々《なまなま》しかった。

この四百石の拝領屋敷の中間部屋で、ほぼ定期的に賭場が開帳されていたのだ。近辺の者で客になる者もいたが、多くは近くの武家屋敷でご法度《はっと》の丁半が堂々と打たれていたのだから、おもしろがるよりも苦々しく思っていた。

〝箪笥〟とは家具の長持《ながも》ちではなく、鉄砲の火薬を入れて背負う木箱のことであり、御先手組でも筒之頭と役務上の深い係り合いがある。

ちなみにこのときの火盗改の長官は、御先手組筒之頭で土屋長弩《つちやおさど》といった。六百石取りだった。同輩のなかでは〝気の短い、火盗改の似合う男〟などと揶揄されていた。筒之頭の土屋長弩が鉄砲箪笥奉行の屋敷に、みずから与力、同心、小者を引き連れ陣頭に立って打込んだ。

役職から見ても、なにやら双方に因縁《いんねん》がありそうだが、町場の者にとってそれは関わりのないことだ。ともかく武家屋敷に役人が抜刀し打込んだ。そこに留飲《りゅういん》を下げた町人もけっこういた。

その現場を、屋敷の女中や飯炊《めした》きの爺さんたちは見ていたのだから、翌朝つまりきょうの朝には、かなり詳しく、それに昨夜のことだからまだ脚色もされず尾ひれもつかず、ほぼ正確に赤坂の巷間《こうかん》に伝わった。

それを権十と助八は現場の赤坂で生々しく聞き、いま泉岳寺門前町の日向亭で、茶をすりながら披露しているのだ。

それに拠《よ》ると、夜もすっかり暗くなってから、土屋長弩は火盗改長官として与力、同心、小者を引き連れ、裏の勝手口を蹴破り、

「――それっ」

と、打込んだ。

胴元も客も、絶対安全な場と信じ丁半に没頭していたところへ、役人に踏み込まれたのだから、仰天《ぎょうてん》したことだろう。

最も驚いたのは、この屋敷のあるじ小笠原壮次郎だった。

拝領屋敷の一部を町場のやくざ者に貸し、場所代を得ていて火盗改に踏み込まれたなど、表沙汰《おもてざた》になれば武家としてこれほどの恥辱《ちじょく》はない。お役御免《ごめん》どころか切腹も賜《たまわ》りかねない。

不祥事を犯した武士が、斬首《ざんしゅ》されるのではなくみずから命《いのち》を絶つのは、武士として名誉を保った処し方である。つまり他人に裁《さば》かれるのでなく自《みずか》らを裁く、自裁《じさい》である。だから切腹の沙汰《さた》が下りることを、〝死を賜る〟などと言う。だが、死ぬことに変わりはない。

助かる道が一つある。

実行した。

打込みのとき、小笠原壮次郎は母屋にいた。

騒ぎを聞くなりあるじの壮次郎は押《お》っ取《と》り刀《がたな》で裏庭に飛び出し、御用だ、御用だの捕縛《ほばく》騒動のなかへ飛び込み、

「――うーむむ。おかしいと思うておったら、かようなことを！」

大音声《だいおんじょう》で叫ぶなり、助けてくれると思って走り寄って来た胴元と代貸《だいがし》、さらに、外との仲立《なかだ》ち役になっていた中間を一瞬に斬り捨て、血刀《ちがたな》をひっ提《さ》げたまま、

「――さあ、元凶どもを成敗《せいばい》した。これも自裁の一つ。わしは知らなんだぞ。中間部屋がかようなことに使われておったとは！」

火事場装束《しょうぞく》の土屋長弩が、戦闘用の長尺《ながしゃく》十手《じって》を手に歩み出て、

「――これは異なこと、小笠原どの。われら火盗改は、此処《ここ》で屋敷ぐるみの賭場が

開帳されている確たる証拠を得たゆえ、踏み込んだまで。三人を殺害したるは口封じのつもりか」

「――否《いな》。成敗でござる」

「――笑止《しようし》。胴元の配下二人を引き立て、吐かせれば判《わか》ること」

やくざ者が町場で賭場を開帳するとき、見張り役に、踏み込まれたときの客の逃がし役と、少なくとも壺振《つぼふ》りを含め、十人近くの人数が必要だ。此処では胴元が壺振りを兼ねた配下を二人しか連れていなかった。それは武家屋敷が安全の地だったからだ。

火盗改長官の土屋長弩と屋敷のあるじ小笠原壮次郎が言い争っているところへ、与力が走り寄り、

「――面目《めんぼく》ありませぬ。不逞《ふてい》の客十三人、ことごとく捕えましてございますが、胴元の手下二人、夜陰に取逃がしました」

やはり加役で任期も一年前後と短ければ、捕方《とりかた》の訓練も経験も行きとどいていないのだろう。

このとき、打込まれた側の小笠原壮次郎は、にっと笑みを洩《も》らした。

火盗改の土屋長弩は激怒し、

「――な、なに！　まだ遠くへは逃げておるまい。草の根を分けても找《さが》し出すのじゃ。さあ、早《はよ》う!!」

と、それがひと晩明けたきょうになっても、

「まだ捕まっていないようで」

「もう江戸の外へ出てるんじゃねえかって、赤坂のお人らは言ってなさる」

権十が語ったのへ、助八が締めくくるように言った。

江戸を出ているかいないかは別として、わずか一年ほどで交代し役務の継続性に欠け、緊密な探索の不得手な火盗改では、遁走《とんそう》したやくざ者二人を找し出すのは困難だ。赤坂の住人ならずとも、誰でもそう思うだろう。

日向亭翔右衛門も杢之助も、薄《うす》ら嗤《わら》いを浮かべている鉄砲簞笥奉行の小笠原壮次郎と、悔しさを隠さない火盗改長官土屋長弩のようすを思い浮かべた。もちろん翔右衛門も杢之助も、火盗改長官の顔も鉄砲簞笥奉行の顔も知らない。

翔右衛門は訊いた。

「で、火盗改さんはいまも、逃げたやくざ者二人を探索しているのかね」

「そりゃあ火盗改の面子《メンツ》に懸けても探索しなさろうが、そのようすは知りやせん」

「そう。俺たちゃそのあと、こっちへまっすぐ帰《けえ》って来やしたから」

こんどは助八が応え、権十が締めくくった。

三

「あ、そうそう。もう一つ、話すのを忘れるところでしたぜ」

と、権十が浮かしかけた腰を、ふたたび縁台に下ろした。

「おう、そうだった。亭主殺しのすげえ女がいたって、浜松町での話だったなあ。赤坂の話がおもしろすぎて、つい忘れるところだったぜ」

杢之助は返し、

「それもきのうの話かい」

「そうよ。きのう午過《ひるす》ぎ、街道筋の浜松町から、増上寺門前の町場のほうへちょいと入《へえ》った、ごちゃごちゃしたあたりの住人らしい」

「ああ、あそこですか。いろんな人の住まいが、ところ狭しとひしめいている町場ですね」

翔右衛門が言う。

杢之助もうなずいた。

場所を聞いただけで、どんな種類の人間が住んでいるか、およそ見当がつく。その一帯の住人は、脛《すね》になんらかの傷を持つ者が多い。

「そうよ、得体の知れねえ奴らばかりが住んでやがるところよ」

権十が話し始めた。

「なにしろ、盗賊だったたってよ。盗賊の女、あとは血の海でお宝は消えているとなりゃあ、殺《や》った女が持ち逃げしたのに違《ちげ》えねえ」

「ほれほれ、権《ごん》よ。またそんな話し方じゃ、翔右衛門旦那も木戸番さんもこんがらがってしまいなさらあ」

また助八がたしなめるように言い、

「その町場にねぐらを置く夫婦者でね、以前から諍《いさか》いが絶えなかったっていいまさあ。それがきのう、陽が西の空にかたむきかけた時分だったらしいや。その家からいつものように言い争う夫婦の声が聞こえ、いつものように静かになったってんでさあ。そのあと、まだ明るいうちに女房は大きな風呂敷包みを抱え、どっかへ出かけたって寸法で」

「町のお人らが、また質屋かと思ったたって話が抜けてるぜ。それに亭主の話もよ」

権十が珍しく補足するように言った。

助八は応えた。

「分かってらあ。順序立てて話してんじゃねえか」

と、視線を権十からふたたび翔右衛門と李之助に戻し、助八の表情はしだいに緊張の色を帯《お》びてきた。

「そこのおかみさんの質屋がよいは、いつものことで、顔や手足に痣《あざ》をつくっているのも、日常のことらしいんで」

「まあ」

声を上げたのは、翔右衛門のすぐ横に盆を小脇に立っていたお千佳だった。

「そこの旦那さん、いつもおかみさんを叩いていたんですか」

お千佳は驚いたように言う。

李之助は昨夜の一件を脳裡に思い起こしていた。〝手足に痣〟と風呂敷包みが一致するのだ。

権十が言った。

「おおう、八《はち》よ、焦《じ》れってえぜ。早《はよ》うあの話をしねえかい。部屋の中が血の海だったって話よ」

「えええ！」

またお千佳が驚きの声を上げた。

無理もない、部屋の中が血の海とは大げさだろうが、ただ事ではなさそうだ。

翔右衛門は助八に視線を向け、権十がまたなにか言おうとしたのを杢之助が制するように、

「助八どん、つづけてくんねえ」

「へえ」

助八は返し、

「おかみさんの名は、お洽《ごう》さんといいなさるそうで」

「さあ、早うあの話を」

焦れったそうに権十が急《せ》き立てる。

よほど重大な事件が、そのさきにあるようだ。

助八は緊張した表情のままだが、口調はきわめて落ち着いていた。ここが助八と権十の、最も異なるところだ。

「ううう」

と、権十は焦れったそうにうなり声を上げる。

助八はつづけた。

「そんな乱暴な亭主なら、一緒にいねえでさっさと逃げちまえばいいのにって、誰もが思うでやしょう」

「思う、思う」

お千佳もさきを催促している。

「その町のお人ら、話してたらしいんでさあ。ありゃあきっと離れられねえ理由《わけ》があるんだろうって」

「ほう」

杢之助はうなずいた。昨夜木戸番小屋ですこし休ませてやった女が、いま話題になっているお洽かも知れないのだ。

助八は順序立てて言う。

「土地のお人がヒソヒソ話に教えてくれたんでさあ」

「ふむ」

翔右衛門もさきを促している。

「お洽さんの亭主は……」

ここで助八はひと息入れ、声を極度に低めた。

翔右衛門も杢之助も、さらにお千佳も、顔を助八に近づけなければ聞こえないほどの声だ。

空駕籠《から》が一挺《ちょう》、そばに置いてあり、街道や門前町の通りを行く人は、駕籠舁きの世間話を町の旦那や木戸番人が聞き入っているように思い、べつに訝《いぶか》ったりはしない。町場の茶店の縁台にはよくある光景だ。

「殺しだぜ」

声を低めて言ったのは権十だった。権十もよほど話したがっているようだ。

「えっ」

お千佳が声を上げた。

李之助がまた言う。

「さあ、助八どん。飛躍せず、順序立ててつづけてくんねえ」

「へえ」

と、こんどもさっきのつづきか、低く返し、

「これはもう土地《ところ》のお人らも知っていなすって、役人の耳にもとっくに入《へえ》っているっていうから、あっしもここで話せるんでさあ」

「ふむ。で……？」

こんどは翔右衛門がうながした。

助八はさらに声を低めた。

「亭主は、一人働きの盗賊で、千と書く千走《ちばし》りの勘蔵《かんぞう》ってえ二《ふた》つ名《な》をとっていやがって、以前は駕籠舁きか飛脚だったらしい」

「それでいっぺえ走るで千走り？」

李之助の声は掠《かす》れていた。もと飛脚なら同業ではないか。

そこに権十はいま気づいたか、

「あ、飛脚なら木戸番さんのご同業だ。駕籠舁きなら俺たちの仲間だ。どっちも間《ま》違《ちげ》えであって欲しいぜ」

「そうよ、そうよ」

お千佳が真剣な顔で言う。

李之助も言った。

「そういうことかい。つまりお治さんの亭主が千走りの勘蔵ってえ盗賊で、お治さんはそれが恐くって逃げられなかった？」

「へん。それもありやしょうが、一人働きでけっこう貯め込んでいて、それを知っているから、お治さんは乱暴な扱いを受けながらも、離れられなかった……と。町じゃもっぱらのうわさで。つまりお治さん、お宝の在《あ》り処《か》を知っている……」

「そうよ、それに違《ちげ》えねえ。だからお洽は千走りの勘蔵を刺し殺し、お宝を持って遁走《とんずら》よ。大きな風呂敷包みを抱え込んでいたってえから、それがきっとお宝に違えねえ」

しびれを切らしたか権十が割って入ったのへ、

「どういうことだね」

翔右衛門があらためて助八に視線を据えた。

李之助の脳裡は混乱していた。

(昨夜の女人《にょにん》がお洽さんだとしたら……。とても亭主殺しにゃ見えなかったが。つい思い余って殺し、ここまで逃げて来たのか)

悲惨な光景が脳裡を走る。

助八は翔右衛門に視線を返した。

「いま言ったとおりなんでさあ。言い争いがやんでしばらく経《へ》てから、お洽さんとやらが風呂敷包みを抱え、どこかへ出かけた。町のお人らが見ていまさあ。そのあと、しばらくして酒屋の御用聞きが来たと思ってくだせえ」

「ああ、思った。町の酒屋の小僧だな」

「そのようで。玄関を入《へえ》って血のにおいに気づき……」

上がって亭主の死体を見つけた。畳が一枚上げられ、床下が少し掘られていたという。死体は背中から出刃包丁で心ノ臓をひと突き。包丁は抜けなかったか、深く刺さったままだったという。

「床下を掘っていたってえのは、そこにお宝を隠していたに違《ちげ》えねえ」

と、権十がまた割り込む。

床下にお宝という見方に、間違いはないだろう。

翔右衛門がまた助八に視線を据え、

「役人がすぐ来なさったと思いますが、その話などは町場にながれていませんでしたか」

「へへん、さすがは翔右衛門旦那。ながれておりやした。その町の町役《ちようやく》さんに近《ちけ》えっていう饅頭屋《まんじゆうや》から聞きやしたぜ。なんでもお役人は以前から千走りの勘蔵の素性を知っていて、仲間がいねえか調べるため泳がせていたら、こんなことになっちまったってよ」

杢之助は心ノ臓に高まる動悸《どうき》を懸命に抑《おさ》え、

「そのおかみさんなあ、お洽さんといったなあ」

「そうよ。そう聞いたぜ」

権十が応えた。

杢之助は権十に視線を向け、

「そのお洽さんとやら、逃げてからどうなったい」

「それよ」

権十は話の番がまわって来たのを喜ぶように語った。

「まだ捕まっちゃいねえ。お奉行所じゃ、そのお宝を取り戻すのと、女房なら千走りの勘蔵に仲間がいたかどうか知っているだろうと、いま懸命に探索中らしいや。火盗改が逃げたやくざ者二人を捕まえるのと、町奉行所がお洽さんを押さえるのとどっちが早《はえ》えか、こいつぁ見ものだぜ」

他人事《ひとごと》だと思って、権十は愉快そうに言う。

昨夜の女がお洽であることは、もう間違いないだろう。時間的にも、辻褄《つじつま》がピタリと合う。

杢之助にとっては、他人事とは思えない。お洽が捕縛され、遁走経路を話せば、その裏を取るため、町奉行所の与力か同心が此処《ここ》に来るだろう。杢之助は町奉行所の与力か同心から、直《じか》に尋問されることになる。

（奉行所にゃ、どんな目利きがいるか知れたもんじゃねえ）

元盗賊仲間の清次《せいじ》にいつも言っていた、杢之助の口ぐせだ。

（逃げ延びてくれいっ、お洽さん！）

杢之助は胸中に叫び、

「さっき話のあった与太の二人組よ、名は分かっているのかい」

小笠原家に命を狙われているのだ。気になって訊いてみた。

「ああ、二人とも相州《そうしゅう》無宿で、壱左《いちざ》に伍平《ごへい》とかぬかしたなあ。相模《さがみ》の在所じゃけっこう悪《わる》党で、郷里《くに》にいられなくなって江戸へながれ来たヤツらだと、うわさは言ってたなあ。おっといけねえ。見てみねえ。陽が沈むぜ」

権十は言いながら西の空に目をやり、

「おう、早《はよ》う行かなきゃ残り湯になっちまうぜ」

助八が返し、二人そろって腰を上げ駕籠を駕籠溜りに運び、手拭いを肩に急ぐように出かけた。

湯屋《ゆや》だ。江戸府内は陽が落ちてから火を熾《おこ》すのはご法度になっており、高輪は府外だが火の用心のため、江戸の決まりに従っている。湯屋はかまどに薪《まき》をくべるのを止《や》める。湯はぬるくなるばかりで、そこに入るなど江戸っ子の恥とされている。

府外の高輪でも、その気風《きっぷ》は府内とおなじである。

杢之助はお洽とともに、壱左と伍平の名も記憶にとどめた。

縁台は翔右衛門とお千佳と杢之助の三人となった。

「なんだか恐い」

お千佳が言ったのへ杢之助は、

「そいつらが捕まったかどうかのうわさ、きょうはもうあるめえ。あした縁台で拾っておいてくんねえ」

言われてお千佳は、翔右衛門のほうを見た。

翔右衛門はうなずき、

「あしたにはもっと詳しいうわさもながれて来やしょう」

「は、はい」

お千佳は緊張したように返した。

杢之助は木戸番小屋に一人になり、暗くなりかけたなかに念じた。

（お洽さん、逃げ延びなせえ）

波の音が聞こえる。杢之助の心ノ臓が、収まることはなかった。

四

昨夜の二回の夜まわりのときも、木戸番小屋で一人座し、波の音に包まれているときも、

（いかん、儂《わし》としたことが）

権十と助八の話から、きのうの女人がお洽であることは、もう間違いないようだ。

（降りかかる火の粉は、払わにゃならねえ）

と、常に念じている杢之助が、みずから泉岳寺門前町の木戸番小屋に引き込んでしまった。きのう、闇に紛《まぎ》れて木戸の内側にうずくまっていた女を、不審な奴と見なして追い払っておけば、いまごろ杢之助は枕を高くし、

（この平穏が、儂にはかけがえのねえものなのさ）

と、念じながら波の音に包まれ、眠りに入ったことだろう。

無理だ。

権十と助八の話が一日早く、木戸の内側にうずくまっていた女が件《くだん》の亭主殺しのお洽だと分かっていても、杢之助は女を休ませ他人《たにん》に見られても訝《いぶか》られない身

なりにし、当人の希望も容《い》れ、

「――危《あぶ》ねえと思うたら、すぐ戻って来なせえ」

と、深夜の街道に見送っていたことだろう。それが杢之助の性分《しょうぶん》なのだ。


朝になり、日の出まえに木戸を開ける。

「おう、毎日ありがたいぜ」

「おうおう、きょうも稼いで行きねえ」

と、いつもの活気に満ちた声が聞かれる。

すでにこれが、泉岳寺門前町の風物詩になっている。

品川のほうから来た魚屋にまた訊こうと思って、下駄《げた》の足を一歩前に踏み出そうとした。

が、すぐにとめた。

きのうも魚屋を呼び止め、品川宿か六郷の渡しに、なにか騒ぎがなかったかを訊き、〝また、どうして?〟と訝られたのだ。きょうまたおなじことを訊いたなら、ますますみょうに思われるだろう。

もし捕物《とりもの》でもあれば、きのう訊かれたことへの答えで、自分のほうから話しだすだろう。

「おう、木戸番さん」

と、魚屋は朝の棒手振たちを出迎えるように木戸番小屋の前に立っている杢之助に声をかけ、そのまま町の坂道に向かった。それはきのう、品川に捕物騒ぎなどなかったことを示している。

(お洽さん、朝一番の渡しに乗るんだと急いでいた)

それがおとといの夜のことだった。

ということは、きのうの朝一番の渡しに乗り、もうとっくに川崎の寄る辺に身を寄せていようか。

(そのまま何事もなかったように、もっと江戸を離れなせえ)

触売《ふれうり》の声とともに門前町の坂道を上って行く、いつもの朝と変わりのない棒手振たちの背を見送りながら、杢之助は思うよりも願った。おとといの夜、お洽が門前町の木戸番小屋でひと息入れて行ったことは、杢之助と当人以外は誰も知らないのだ。これからさき、お洽の身に何も起こらなければ、亭主殺しの女の足跡が泉岳寺の木戸番小屋にあることなど、誰にも知られないまま、やがてはお洽の存在したことまで人々から忘れ去られるのだ。

亭主殺しといっても、殺したのは千走りの勘蔵などと二つ名をとっていた盗《ぬ》っ人《すと》だ。亭主殺しの罪は重いが、盗っ人殺しはそうでもあるまい。少なくとも杢之助には容認できる殺しだ。お治は千走りの勘蔵から日常的に虐待《ぎゃくたい》を受けていた。それは杢之助も、お治の腕の痣から確認している。お治がもしこの門前町の住人で、木戸番小屋に助けを求めて来たなら、親身になってなんらかの解決策を講じただろう。

朝からお千佳は、品川のほうから来た客が外に出した縁台にひと休みすれば、茶を出しながら聞き耳を立てている。

あるじの翔右衛門からも、気を付けておくように言われている。

茶店の客は、もちろん泉岳寺への参詣人が中心だが、なかには街道を往来する旅の商人から、大八車を牽《ひ》いた荷運び人足、馬の轡《くつわ》を取る馬子もいる。

それらに、

「品川か六郷の渡しで、捕物騒ぎなどありませなんだか」

と、自分のほうから訊くこともあった。

それが二度三度とつづけば、いかに茶店の茶汲み女とはいえ、相手から訝られることになる。

実際、訝ったのがいた。

常連さんで、荷を満載した馬を三頭も牽いた馬子だった。

「どうしたい、お千佳ちゃん。おめえがそんなこと訊くなんざ珍しいぜ。なにかあったかい、品川か六郷の渡しで、捕物など聞いちゃいねえが」

などと返していた。

李之助は歩み寄ってたしなめようとしたが、お千佳はうまく返していた。

「いえね、ときどきお見えになる小間物行商のお客さんで、そのお方が捕物が好きで、よく訊かれるんですよ」

「そりゃあまあ、捕物なんざめったに見られるもんじゃねえが、俺だって芝居じゃなく実際の捕物を見てみてえぜ。捕方がぐるりと咎人《とがにん》を取り巻いて、御用だ、御用だってよ」

「そうですねえ。そのお方、ときおり品川までは行きなさいますが、六郷の渡しはまだ行ったことがないとか」

「ということは、川崎のお大師《だいし》さんにお参りしたこともねえ、と。こりゃあ珍しい。捕物の話より、一度お参りするよう勧《すす》めるといいや。きっとご利益《りやく》があらあ」

やはり頭のいい娘だ。きわめて自然に話題を変えた。

五

その日の午過《ひるす》ぎだった。

李之助は向かいの縁台から、木戸番小屋に戻っていた。すり切れ畳に一人あぐらを組んでいると、やはり思われてくるのは、お洽のことだった。川崎の寄る辺とは、親か兄弟かその他の親族なのか、李之助は聞いていない。あえて訊かなかったのだ。それを近所の者か、奉行所の同心や岡《おか》っ引《ぴき》が知っていないか。そこが心配だ。知られているなら、川崎も安泰《あんたい》とはいえない。心配し始めると、それがいつまでも脳裡から消えることはない。

そのような李之助の性分を、元盗賊仲間だった清次がいつも言っていた。

「――ほれほれ、また悪い癖《くせ》が。取り越し苦労ですぜ」

清次の言葉より、李之助の取り越し苦労のほうが、よく当たるのだ。

波の音に、下駄の音が混じった。

その軽やかさからも、腰高障子に映った影からも、それが誰であるかすぐに分かる。お千佳だ。

「木戸番さーん」

と、腰高障子のすき間からお千佳は顔だけ三和土《たたき》に入れ、

「いま品川の炭屋さんが縁台で、なにやら今朝方、六郷の渡しで捕物があったって話しています」

「ほっ、そうかい。ありがとうよ」

杢之助は返しながら腰を上げた。

「――縁台の客で、品川か六郷の渡しで捕物があったと話題にしている人がいたなら、すぐ知らせてくんねえ」

と、木戸番小屋に戻るとき、頼んでおいたのだ。

〝品川の炭屋〟と言っただけで、それが誰かすぐ分かる。六郷川の渡し場の茶店から泉岳寺門前町のとなりに広がる車町《くるまちょう》の湯屋まで、広範囲に顧客を持っている炭屋で、日向亭もその一軒だ。配達に来るたびに、縁台に座ってひと休みし、世間話などをして行く。杢之助の木戸番小屋は、日向亭からその炭のお裾分《すそわ》けを受けている。だから木戸番人の杢之助ともよく世間話などをする。

炭屋は人足が二人、大八車を街道ではなく、門前町の通りに停め、日向亭の縁台に座っている。木戸番小屋のすぐ向かいだ。

下駄をつっかけ、

「きょうも配達かい。精が出るねえ」

と、空《あ》いているとなりの縁台に腰を据えた。

お千佳がすぐに杢之助にもお茶を出し、

「ほら、さっき、みょうな捕物があったって話してたでしょ。木戸番さんにもしてあげてくださいな。木戸番小屋はどの町でもうわさが集まり、広まる場所だから」

いつも来る、歳経《としふ》った男と若手の組合せだ。歳経ったといっても、いまが働き盛りの年齢で、若手はまだ小僧といった風情だ。実際に小僧なのだ。

「ああ、あれかい。ま、おかしな捕物だったぜ」

と、炭屋は応じ、小僧がうなずいている。〝おかしな捕物〟に同感の意をあらわしている。

「ほう、おかしな？　どんなふうに」

杢之助は問いを入れた。

炭屋は語り始めた。

炭は配達の道順がいつも決まっており、日の出のころに六郷川の渡し場の茶店に届け、それから品川の町中《まちなか》の得意先の料亭や旅籠《はたご》、湯屋などを順にまわり、最後に車町の湯屋へ降ろす。そこで大八車は空《から》になり、あとは品川に帰るだけだから、日向亭の縁台で気分的にもゆっくりできるのだ。

「ありゃあ日の出のすぐあとで、きょうの一番舟が出るときだったじゃ。わしらが茶店の裏手に炭俵《すみだわら》を運んだら、捕方のお役人がいっぱいいなさった。びっくりしましたわい。そのあとすぐでやした。それっと十手をかざした同心風体《ふうてい》のお役人の号令で、鉢巻《はちまき》に六尺棒の捕方が三人、わっと飛び出し……」

一番いいところだ。ここで炭屋は話が佳境《かきょう》に入る準備か、ひと息入れ、お茶を飲み始めた。

杢之助は急《せ》かさなかった。あまり熱心に聞き、なにか係《かか》り合《あ》いでもあるのかと訝られてはまずい。それよりも、

(みょうだ)

と、疑念を覚える間合いを得た。

さっき炭屋は、茶店の裏手に〝捕方のお役人がいっぱい〟と言った。ところが同心が一人号令をかけ、飛び出した六尺棒が三人だけだという。なんだかみょうだ。同心一人に捕方三人だけなら〝いっぱい〟などと言うだろうか。相手が役人となれば、炭屋には〝いっぱい〟に感じるのだろうか。それの答えはすぐに分かった。

炭屋は湯呑みを縁台の上に戻した。

「あ、いらっしゃいまし」

街道のほうに出している縁台に、客が座った。お千佳はそのほうへまわった。

「えーと、どこまで話したっけ」

「同心の旦那一人と鉢巻に六尺棒の捕方三人がわっと飛び出したところまで」

応えたのは小僧だった。この小僧もお千佳同様、頭の回転は速いようだ。

「そうそう、そこだった」

歳経った炭屋はふたたび語り始めた。

「おもてのほうの縁台で茶を飲み終え、湯呑みをお代と一緒に縁台に置き、舟に向かおうとした女に、さっき飛び出した六尺棒たちが飛びかかり、女は悲鳴とともにその場へ崩れ落ち、難なくお縄になった。そうそう、岡っ引みてえのが一人いたが、ただ捕方のあとについて走っただけで、なあんも手を貸そうとしねえ。見ていて腹がたったぜ。日ごろ俺たちにゃ、まるでてめえが奉行所を背負《しょ》ってるみてえに威張りやがってよ」

捕物の話よりも、日ごろの鬱憤《うっぷん》を晴らすようなことを言い始めた。

岡っ引が下命《かめい》のない限り、案内役はしても捕物に加わらないことを、杢之助はよく知っている。岡っ引は役人ではない。探った情報を同心に報《しら》せるのが役目で、十手はむろん捕縄《とりなわ》も持たされていない。

「で、どんな女だったてい」

李之助は話をもとに戻した。

「そうそう、それよ。まあ、どんな女だったたって訊かれてもよ、よく見ていねえし答えようがねえ。飛びかかられたとき、抱え込んでいた風呂敷包みが飛び散っていやがった」

「ほう。風呂敷包みなあ」

李之助はうなずき、

「その女は年のころならどのくれえだったてい」

「そりゃあ……」

問い方が漠然《ばくぜん》としすぎたか、炭屋は言い淀《よど》んでいる。

李之助は焦《あせ》った。気になるのだ。

問いなおした。

「番茶も出花の小娘かい、それとも年増？　大年増？　婆《ばあ》さんじゃあるめえ」

「ああ。それならチラと見ただけだが、若くはねえ、婆《ばば》アでもねえ。そう、年増ってところかな」

小僧もうなずいている。

(間違《まちげ》えねえ)

杢之助は断定せざるを得なかった。

お治が捕えられたのだ。

計画では、きのう朝一番の渡し舟に乗るはずだった。おそらく役人はお治の寄る辺が川崎にいて、そこを逃亡の足掛かりにするはずと睨《にら》み、早朝から張っていた。渡し場の茶店の縁台に捕方が座っているのに気づき、品川に引き返してきょうふたたび渡し場に出向いた。

役人たちはきのう一日待ちくたびれ、きょうふたたび出張《でば》ったときには、茶店の裏手に身を隠した。そこへお治が現われた。周囲に目を配ったが役人の姿は見えない。安心して縁台でひと休みし、さあ、舟にと腰を上げたところへ同心一人と捕方三人が飛び出し、岡っ引が一人それにつづいた。

およそ、そういったところだろう。

その結果として、まっさきに思ったのは、

(江戸へ護送されるはずだ。そのとき、またここを通る)

街道に出て見送るか、木戸番小屋の中から突き上げ戸を開け、櫺子窓《れんじまど》から、（そっと見送るか）

いずれにせよ、此処《ここ》の木戸番小屋が危うくなったことは、覚悟しておかねばならない。お洽がおとといからの逃走経路をすべて白状すれば、奉行所の役人が裏を取りに来ることは必定《ひつじょう》だ。

同心と六尺棒の捕方たちは、この木戸番小屋の前を通って品川に行ったはずなのだ。まったく気がつかなかった。

だが、おかしい。その捕物がけさ、日の出の時分であれば、もうとっくにお洽は江戸府内へ引かれているはずだ。そのような一行は通っていない。きょう朝から杢之助はずっと外に出ていたのだ。

それに、みょうだ。話はこれだけではなさそうだ。炭屋も小僧も、まだなにかしゃべりたそうに意気込んでいる。〝いっぱい〟いたはずの役人たちはどうなった。消えたわけではあるまい。

いつの間にか奥から亭主の翔右衛門も出て来て、縁台の傍《かたわ》らに立って話を聞いていた。翔右衛門も、杢之助とおなじ疑問を持ったようだ。きのうから翔右衛門は捕物に関心を示しているが、杢之助にとっては、

（どうも具合が悪い）

翔右衛門も有力な町役の一人で、なにかと木戸番小屋に目をかけている。その翔右衛門も、おとといの夜、杢之助がお洽を暫時木戸番小屋で休ませてやったことを知らない。木戸番人として町役に報告しなければならないところ、杢之助は伏せている。まったく二人だけの秘密にしているのだ。このさき、お洽がそこに気づき、自供から外してくれるかどうか定《さだ》かではない。

そのような杢之助の心境とは関係なく、

「炭屋さん、まだつづきがありそうな感じですが……。お役人はもっといっぱいいたのではないですか」

不意に頭の上から声をかけられ、

「あっ、これは旦那さま。そこにいらしたんですかい」

炭屋はふり返って上を向き、

「そうなんでさあ。風呂敷包みの女を追って飛びかかり、お縄にしたのは、ほんの前座の数人でさあ」

「ほう。で、本隊は？」

声を上げ、さきをうながしたのは、となりの縁台に座っていた杢之助だった。翔

右衛門と、

(一緒に聞きやしょう)

目と目を合わせた。

ふたたび炭屋は語り始めた。

それによると、お洽が取り押さえられたとき、街道から川原に入って来た男二人の旅姿がいた。お洽が押さえ込まれたのを見ると足をとめ、驚いたようにくるりと向きを変え、もと来た道を返し始めた。それを見た茶店の裏手に隠れていた捕方一行は、それこそ、

「——それっ」

とばかりに茶店の裏手から飛び出し、男二人のあとを追った。

男二人は驚いたような仕草を取り、もと来た道に走り出した。明らかに逃げようとしている。

男二人は気づくのが遅かったか、逃げるにしても、捕方たちとの距離は五間(およそ九米《メートル》)ほどしかなかった。しかも捕方たちは勢いづいている。同心が二人、たすき掛けに鉢巻、手甲脚絆《てっこうきゃはん》の捕方が六人ほどだった。しかも同心二人は、

「——逃がさんぞ!」

「――おとなしゅう縛《ばく》につけいっ」

抜刀し、いまにも斬りかからんばかりだった。

捕方の何人かが走りながら六尺棒を男二人に投げつけた。

笠を投げ捨て逃げる男二人の足にからまり、

「――うわっ」

「――おっとっと」

声を上げ、たたらを踏んで倒れ込んだ。追いついた捕方たちは一斉に六尺棒を打ち下ろし、六尺棒を投げつけた捕方は、

「――この野郎、手間をかけやがって！」

腹を蹴り上げ、首根っこを踏みつける。

「――ううう」

男二人は苦しそうにうめく。

遊び人の旅装束《たびしようぞく》だったから、道中差しを帯びている。だがすでに抜ける状態ではなくなっている。かえって抜かなくてよかった。なまじ抜いていたなら、

「――野郎！　小癪《こしやく》な」

と、抜刀し駈《か》けつけた同心たちに、その場で二人とも片腕を切断されていたこと

だろう。同心二人と捕方六人には、それだけの意気込みがあったようだ。

炭屋はここでひと息入れ、締めくくるように言った。話の途中で小僧は幾度もうなずき、

「そう、そう」

と、声にまで出していたから、いまの話に脚色などなく、一つひとつが正確だったようだ。

「まあ、年増の女を押さえたお役人たちも、思いやりなどあったもんじゃねえが、遊び人風の男二人を押さえつけたお役人衆は、人数も多かったせいか、ともかく荒っぽいお人らでやしたよ」

炭屋の語るのへ、翔右衛門が問いを入れた。

「乱暴な扱いになるのは、相手にも拠《よ》りましょう。かたや女人が一人でこなた遊び人が二人ということもありましょう。で、炭屋さん、最初のところで〝おかしな捕物〟と言ってたようだが……」

縁台の脇に立っていた翔右衛門が、

「そう変わった捕物でもなく、手加減を加えるかどうかだけの差じゃないかね」

「いえ、日向亭の旦那さま。それがおかしいんですよ。お役人同士、女の人を捕ま

えたお人らと、遊び人二人を取り押さえたお人らが、まったく合力《ごうりき》しねえ。茶店の裏手に隠れているときでも、あたしらそのあいだを縫《ぬ》って炭を納めたんでさあ。数の少ないほうのお人らは、あたしらに親切でしたが、数のそろっているほうは、同心の旦那があたしの首根っこを押さえ、しばらくここから出すことはできん、と。ふり払おうとしたら、頭を小突《こづ》かれやした」

「そのとおりなんで」

炭屋が言うのへ、小僧がまた相槌《あいづち》を打つ。

「それからどうなりました」

翔右衛門が訊いたのへ、

「裏手にお役人は一人もいなくなり、これ以上係り合っちゃいけねえと、茶店のおやじさんに断りを入れ、さっさとそこを離れやした。そのあとのことは知りやせん。ともかく朝の渡し場の捕物に、人だかりができておりやした」

言うと炭屋は、

「さあ、そろそろ帰《けえ》るべ」

「へえ」

指図し、小僧のほうが軛《くびき》に入って空《から》の大八車を牽いた。炭屋の店は品川といっても、宿場町を抜け鈴ケ森《すずがもり》も過ぎた、むしろ六郷川に近い樹間にある。だから配送の最初がいつも六郷川の渡し場の茶店になるのだろう。

「またいらしてくださーい」

お千佳が品川のほうへ帰る大八車に声を投げた。

「おーう」

炭屋と小僧はふり返って手を振った。

きょうの炭屋の仕事は、これで終わりではない。帰ってからあした運ぶ荷をまとめ、新たに焼く用意もしなければならない。窯《かま》に一度火を入れると、あとはもう夜も誰かが徹夜でついていなければならない。

縁台は翔右衛門と杢之助の二人になり、となりの縁台には泉岳寺の参詣客か、商家のおかみさん風の四人連れが座った。売り上げが多い屋内の部屋は、満席になっているようだ。

お千佳が翔右衛門と杢之助の湯呑みに茶を注ぎ足した。

翔右衛門はあらためて喉《のど》を湿らせてから言った。

「木戸番さん、どう思いますか。さっきの炭屋の話。権十どんと助八どんが話していた、ほれ、浜松町か増上寺門前町の、盗賊の亭主から日々虐待を受け、思い余って殺してしまい、姿をくらましたという女のことでしょう。あとの二人は、赤坂の小笠原家に巣喰《すく》って賭場《とば》を仕切っていたやくざ者たちに間違いないでしょう」

「儂《わし》も聞きながらそう思いましたじゃ。女の名は、確かお洽さんとかいっていましたなあ。これを追っていたのは、北か南の町奉行所のお役人たちで、やくざ者を追っていたのは……」

「火盗改。なんとか生け捕りにして、賭場の開帳が屋敷ぐるみであったことを証明する、生き証人としたいのでしょう」

「おそらく」

茶店のあるじと木戸番人が、すぐとなりの縁台で奉行所がどうの火盗改がどうしたのと物騒な話をしていても、商家のおかみさん風の四人は、自分たちのお喋《しゃべ》りに夢中で、まったく周囲を気にしていない。それに往来人からは、女四人の声が杢之助たちの声をかき消し、なにを話しているかもまったく分からなくさせていた。

六

杢之助は木戸番小屋に戻った。

一人黙考《もっこう》する。

お洽の身が思われる。

亭主殺しが起きたのは、おとといの昼間だった。木戸番小屋でお洽が杢之助の親切に助けられ、身なりまで整えて出て行ったのは、その日の夜だった。お洽は急いでいた。

(きのうの朝には、渡しの一番舟に乗ったはず)

と、杢之助は思っていた。

ところがきょうになった。おそらくきのうの朝、渡し場に行くと、川原の茶店のあたりに捕方がいっぱい出ていた。自分一人を捕えるのに、

(あの人数は!)

と、驚き、見つからないようにそっとあとずさりして向きを変え、もと来た道を返した。

きょうはどうか。朝早く来てみた。いなかった。炭屋が大八車を裏手のほうへ牽《ひ》いて行く。のどかな光景だ。役人たちは、

（網《あみ》を張る場所を変えた）

そう思い、川原に出て渡しの桟橋《さんばし》のほうへ向かったときだった。

捕方が飛び出て来た。

万事休すだ。

驚いたことに、もうひと組の捕物があった。そっちはなんだか勢いがすさまじかった。お洽はお縄を受けながらも驚愕《きょうがく》した。

（おそらくそういうところだろう）

杢之助は脳裡に巡らせ、

（お洽さん、脇が甘いぜ）

思わざるを得なかった。

賭場のやくざ者二人も、ひと晩府内のいずれかに身を潜め、けさ六郷川を渡ろうとしたのだろう。

それにしても、まったく異なる事件が、おなじ日に起き、しかもおなじ二日後におなじ場所で、水と油の町奉行所と火盗改の手の者に、おなじ待ち伏せによって捕

縛された。

(よくもまあ夫婦でも双子《ふたご》でもあるめえに、異なる二つの事件が一つになったもんだぜ。なんだかゾッとすらあ)

ただ杢之助は思うばかりだ。

だが、いまひとつ解《げ》せないことがある。

ふたつの捕縛は、きょう早朝だった。ならば両方ともとっくに咎人《とがにん》護送の一行が、泉岳寺門前町の前を通って江戸府内に向かっていなければならない。それがまだないのだ。

(ご一行さん、どこでどうしている。火盗改と町奉行所で、どっちが一歩先に高輪の大木戸を入るか、揉《も》めているのかい)

杢之助は思い、口元へかすかに嗤《わら》いを浮かべたが、手に捕縄《とりなわ》をかけられ前後を六尺棒が固め、引き立てられて来る一人がお治とあっては、火盗改と町奉行所のいがみ合いを嗤ってはいられない。

(深夜に此処《ここ》を通ってくれりゃ、どこか草地に潜み、飛び出して救い出してやれるのだがなあ)

ふと物騒なことを考えたりもした。

地方で盗賊が捕縛され、江戸へ護送される途中、賊の仲間に襲撃され取り戻された不始末が、過去数件あるのだ。六郷川の渡し場から大番屋のある日本橋茅場町《にほんばしかやばちょう》まで、旅というほどのことはない。だが、ゆっくり歩けば、半日はかかる。そろそろ陽が西の空にかたむきかける時分だが、

（やはりおかしい。いまはまだ明るいが、増上寺の近辺で暗くなってしまうぞ。大丈夫か）

などと、逆にそのほうが心配になってきた。

夏場で木戸番小屋の街道に面した櫺子窓も、門前町の通りに面した腰高障子も開け放している。すり切れ畳に座っていても、通りの往来人はよく見える。

下駄の音が聞こえた。軽やかだ。

（お千佳）

丸顔で小太りの身が、開け放した腰高障子のすき間を埋めた。

顔だけ三和土に入れ、

「ほら、いつもの焼継屋《やきつぎや》さん。品川での仕事を終え、これから泉岳寺の通りをちょいとながし、あしたにかけて商《あきな》うって」

「ほう、六郎太《ろくろうた》どんかい。品川から？　捕物のその後、なにか話していたかい」

「はい、焼継の仕事をしながら、お役人さまの話を直接。日向亭《うち》の旦那さまが木戸番さんに早く早くって」

「おう、おうおう」

と、杢之助はお千佳に合わせ急いで腰を上げ、白足袋《しろたび》に下駄をつっかけた。

敷居をまたげば縁台はすぐ目の前だ。

すでに翔右衛門が出て、焼継屋となにやら話している。杢之助が出て来たのに気づくと、

「木戸番さん、焼継屋さんがあの捕物のつづきをいま……」

「らしいですねえ。ご一行はいまどこに」

杢之助が咎人護送の役人たちを〝ご一行〟などと言ったものだから、

「ははは、揉めていやしたが、まもなくここを通るはずでさあ」

焼継屋は笑いながら言った。三十がらみで日焼けした健康そうな男だ。

天秤棒に炭火の入った箱火鉢《はこひばち》や瀬戸物のかけら、炭などを入れた箱を引っかけ、町々をながしている。街道に歩を踏み、沿道の村々で商うこともある。

出職《でじょく》で、欠けた瀬戸物を熱し、白玉粉を塗ってつなぎ合わせる仕事だ。焼き具合と塗る白玉粉の加減が、腕の見せどころである。粉が少なすぎれば接続できず、

多すぎたらその部分がみみず腫《ば》れのようになる。

六郎太は品川から泉岳寺門前町、車町など高輪の大木戸の手前までを商いの場にしている。門前町では、

「継ぎやしょう、継ぎやしょう、欠けた瀬戸物継ぎやしょう」

と、触れながら坂上まで進み、泉岳寺の山門前に箱火鉢を据え、客が欠けた瀬戸物を持って来るのを待つ。ときにはその日だけで終わらず、翌日に持ち越すこともある。きょうもこれから触れ歩けば、あしたまでの仕事となるだろう。

そうしたとき、持ち込まれた瀬戸物を木戸番小屋が預かることもある。杢之助も幾度《いくど》か預かったことがある。壊さないようにと、けっこう気を遣う。もちろんいくらか預かり賃を置いて行く。

だから杢之助も、焼継屋六郎太とは、すでに親しく言葉を交わす間柄なのだ。日向亭の縁台で、お千佳が報《しら》せ翔右衛門も出ていた。いま話が始まったばかりのようだ。

それによると、六郎太はきょう朝から品川宿の本通りの中ほどにある問屋場《といやば》の裏庭を借りて店開きをしていた。場所を借りれば、茶碗や皿を幾つか焼き継ぐのが借り賃になる。双方損のない取引だ。場所は毎回決まっており、問屋場の小者《こもの》や泉岳

寺の飯炊《めした》きの爺さんなどは、便宜《べんぎ》を図れば小遣いまでもらえるので、焼継屋六郎太が来るのを毎回楽しみに待っているほどだ。

六郎太は言う。

「いやあ、きょう午過《ひるす》ぎまで品川宿の問屋場で仕事をしておりやしてね。そこの小者さんが、庭じゃ暑かろうと奥の部屋の軒下《のきした》に場所を取ってくれやしてね。部屋の話がまるまる聞こえてくるんでさあ。大きな声で、初めはなにを揉めているのか分かりやせんでしたが、それが火盗改と府内のお奉行所の同心だと分かり、驚きやしたよ」

と、ほんとうに驚いたような顔になった。

問屋場とは、いずれの宿場においても町の運営の中枢《ちゅうすう》になる番所で、専従のほかに町役たちが輪番制で詰めている。定められた重要な役務《やくむ》は二つで、まず一つは幕府公儀《こうぎ》や公家《くげ》の一行、さらに大名行列などが通過するとき、必要な荷馬や人足を用意し、それぞれの荷物を次の宿場に運ぶ仕事である。

もう一つは、幕府御用の書状や小荷物を次の宿場まで運ぶ飛脚《ひきゃく》仕事だ。継飛脚《つぎびきゃく》といって、若いころ杢之助も動員され、幾度かしたことがある。このときだけ邪魔になるのは斬り捨て御免で、脇差《わきざし》を腰に帯びた。杢之助にとって刀など、ただ重いだけだったのを覚えている。

幕府からの給金は少なく、街道に沿った村々から荷運び人足を駆り出す助郷《すけごう》とおなじで、ただ働きに近かった。だが継飛脚には問屋場が、いくらか手当てをしてくれた。だから杢之助は各宿場の問屋場には気を許していた。それも昔の話で、いまはどこの宿場の問屋場にも、知った顔はいない。

焼継屋は箱火鉢の炭火で、欠けた皿や茶碗を焼き直し、一心不乱に仕事をするが、耳は空いている。しかも大きな声なのでよく聞こえる。

それが火盗改と町奉行所の役人だったことも驚きだったが、渡し場で同時に二組の捕物があったことは、問屋場の小者から聞いていた。

話しているのは、これから日本橋の大番屋まで咎人を引くのに、どっちが差配するかであった。

ならば別々に引いて行けばいいではないかという案も出たが、それはどちらも否定した。理由は双方とも口にはしないが、お互いに分かり合っている。

少人数で咎人を護送するのは危険なのだ。お洽の亭主には仲間がいて、お洽が千走りの勘蔵から、お宝の隠し場所などを聞いていると踏み、その身の奪還に打込んでこないか……。警護が同心一人に捕方が三人、岡っ引が一人では、やってやれないことはない。火盗改のほうは、やくざ者二人だ。仲間は多いはずだ。警護は同心二人に捕方が六人ほどだ。数はそろっているが、敵も人数をそろえ打込んで来たなら事だ。

それを思えば、やりにくくとも双方共同し、警備の数を増やしたほうが安全だ。このとき数のそろっている火盗改から、差配を出すのが順当と思われるが、行き先は町奉行所支配の日本橋茅場町の大番屋だ。町のやくざ者は町方の差配で、暫時《ざんじ》大番屋が預かることになる。

それに東海道で高輪の大木戸を入れれば、町々に自身番がある。暫時留め置く設備もある。咎人を引く役人にとって、これほど心強いものはない。町々の自身番は奉行所の差配である。詰めている町役たちは奉行所の同心の指図は受けるが、田舎芝居などと揶揄《やゆ》されている火盗改の差配は受けない。

それを考慮すれば、やはり一行の差配は、数は少なくとも町方のほうが適しているか……。どちらにも理がある。

だから揉めた。

「お役人らしいですねえ。それでどうなりました」

翔右衛門が、あきれたような口調で問いを入れた。

焼継屋六郎太はその口調に合わせ、

「ともかく一緒に行列を組んで、差配は設《もう》けず、粛々《しゆくしゆく》と……」

なるほど打込み装束の同心三人に、六尺棒の捕方が九人、岡っ引が一人、咎人が三人の行列であれば、もものしさは目立ち、ちょいと打込みにくいだろう。

「それがもうすぐ此処《ここ》を……？」

李之助が問いを入れたのへ六郎太は、

「いえ、まだまだ」

「え……？」

翔右衛門が声を上げ、六郎太は話した。

襲われて隊列を乱されても、咎人を奪いにくくするため、どちらからともなく、

「――唐丸籠《とうまるかご》を三挺用意せよ」

「と、問屋場に命じましたか」

危険な凶悪犯を護送するのではない。しかも一人は女だ。あきれ顔で翔右衛門が訊いたのへ六郎太は、

「へえ。問屋場のお人ら、荷運びの人足や荷馬、大八車ならすぐに集めますが、唐丸籠は、しかも三挺も……、頭を抱えておいででした」

「そうでやしょう。まあ、問屋場ならむかし使ったのがどこにあるかを思い出し、数が足りなきゃ、本物のニワトリにかぶせてある唐丸を調達し、ちょいと手を加えれば、なんとか咎人護送の唐丸籠になりまさあ」

李之助が言ったのへ六郎太は、

「さすがは木戸番さんだ。図星《ずぼし》でさあ。問屋場のお人らもそう言っておいででやした。ただし、あちこち探しまわらねばならないから、三挺そろえるのにはちょいと時間がかかる、と」

「まずい。夕刻品川を発《た》てば、高輪大木戸を入るころには暗《くろ》うなってますぜ」

「あっ」

李之助が言ったのを翔右衛門は解したか、困惑の声を上げた。

火盗改と町方である。たとえ時間をかけてもきょう中に品川を出立《しゅったつ》するだろう。今宵《こよい》品川泊まりで江戸からも応援を呼び、あすの朝発つのが最も合理的であり、安全でもある。だが、この一行には差配がいない。町方がそれを提議すれば、

『臆《おく》したか』

と、火盗改は詰《なじ》り、またその逆もあろう。

結局はともかくきょう、時間に関係なく品川を出立するだろう。

いかに江戸市中といえど、夜の咎人護送は危険だ。意地の張り合いで、いずれかで一泊し、朝を待って高輪大木戸に入ることになるだろう。まったく無駄なことで、杢之助も翔右衛門もそこに気づいたのだ。品川を出て朝に高輪大木戸に向かうとすれば、泊まるところは、

（此処《ここ》、泉岳寺門前町）

翔右衛門と杢之助は思いが一致し、顔を見合わせたところへ、品川のほうから男が三人、駈け込んで来た。

「おっ。これは問屋場の人」

焼継屋六郎太が腰を上げた。来たのは問屋場の帳付《ちょうづ》けなどをする書役《かきやく》と、六尺棒の捕方二人だった。火盗改と町方で二人とも鉢巻にたすき掛けだから、通りを行く者がじろじろと見る。

問屋場の書役は、日向亭にも用事があるようだ。翔右衛門が門前町の町役の一人であることを、品川宿問屋場は知っている。書役は言った。

「今宵、火盗改と町方の唐丸籠が咎人護送でこの町に泊まります。町役総代さんにもこれから伝えに行きますが、旅籠は二軒所望《しょもう》です」

言うと門前町の坂道を上って行った。町役総代は、坂上の泉岳寺門前に暖簾《のれん》を張

る竹細工師門竹庵《もんちくあん》の亭主細兵衛《さいべえ》だ。

「お、もうこんな時分かい。あっしゃ急いで坂上《さかうえ》まで声を上げ、ともかくきょうの店開きだけでもしまさあ。木戸番さん、今宵もまたあしたにまわす分、預かってくだせえ」

「ああ、いいともよ」

杢之助が二つ返事で応じると、

「ありがてえ」

焼継屋六郎太は言うと天秤棒を担ぎ、

「継ぎやしょう、継ぎやしょう。欠けた茶碗、皿、継ぎやしょう」

坂上に歩を拾い始めた。

翔右衛門と杢之助はあらためて顔を見合わせ、お千佳もかたわらで話を聞いていたか、盆を両手で持ち、ひとこと言った。

「恐い」

唐丸籠護送の一行が、泉岳寺門前町に泊まるなど、初めてのことだ。

「何事も起こらねばよいが」

翔右衛門が言うと、杢之助も言った。

「恐いのは、火盗改と町方のいがみ合いと、一行に妨害が入ることでさあ」

何かが起きそうな気配を、李之助は感じていた。すでに咎人の一人、お洽と係り合っている。

これでやくざ者の二人が壱左と伍平なら、浜松町の町場と赤坂の武家地の事件が、そろって李之助のいる泉岳寺門前町に転がり込んで来ることになる。

不可解な動き

一

天秤棒に箱火鉢《はこひばち》と炭を提げ、坂上《さかうえ》に向かう焼継屋《やきつぎや》六郎太の背を見送り、

「あとで儂《わし》もちょいとのぞいてきまさあ」

「うーむ。そうしてくだされ。そのあと私も門竹庵さんに行ってみましょう。いや、そのまえに総代さんのほうからお呼びがかかりましょう」

町役《ちょうやく》総代の門竹庵細兵衛は、門前町の一番坂上で泉岳寺の山門前に暖簾《のれん》を張っており、裏手には工房があって幾人かの職人を抱えている。扇子《せんす》や団扇《うちわ》の骨組み、竹笛、花生《はない》けなどの竹細工の制作販売で、材料は泉岳寺の竹薮《たけやぶ》から伐《き》り出した竹を使っている。その細工の質の高さは品川から江戸府内にも知られており、扇子を買いに来てついでに泉岳寺にお参りをするといった客もいる。

いま、品川宿の問屋場《といやば》の書役《かきやく》が、捕方二人を連れているのか監視されているのか、

ともかく三人一緒に門竹庵細兵衛を訪れている。捕方二人のうち一人は町方で一人は火盗改であることを、杢之助は心得ている。書役は町役のなかから、筆が立ち几帳面《ちょうめん》な者が任じられる。だから単に書役といっても、いまは品川宿を代表しているのだ。

その三人が街道から泉岳寺の通りへ入って来たとき、杢之助はとっさにうつむき、顔を見られないようにし、それでいてそっと捕方二人の面《つら》を確かめた。杢之助は四《よ》ツ谷《つや》や両国《りょうごく》で、岡っ引の源造《げんぞう》や捨次郎《すてじろう》について捕物見物をしたことが幾度かある。そのときは与力や同心と接触するのを極力避けたが、六尺棒の捕方や小者《こもの》とは言葉を交わしたりしていた。

そのときの捕方だったなら、

『あ、おめえ、四ツ谷の木戸にいた……』

あるいは『両国の』となり、それが同心に伝われば、

『いまは此処《ここ》にながれておったのか』

などと、直接言葉を交わすことになろうか。

危機だ。

二人のうちどちらが町方でいずれが火盗改かは知らないが、ともかくどちらも知

らない顔だったので、一難去った思いがした。だが、あくまでも一難であり、このあと本隊が三挺もの唐丸籠《とうまるかご》を護り、泉岳寺門前町の通りを踏み、ひと晩泊まっていくのだ。

「ともかく、いま行ってみまさあ。ついでに総代さんから町役さんたちに言付《ことづ》けがないか、訊《き》いて来ましょうかい」

「ほう、そうしてくれますか。私も今宵が、気になって仕方がないのです。唐丸籠を三つも預かるなど、大事《おおごと》ですからねえ」

翔右衛門は困惑気味に言う。かたわらでお千佳が、恐怖に表情を引きつらせている。杢之助もじっとしておられない。

ともかく坂上に向かった。

「あ、木戸番さん。ちょいと」

坂道に入ってすぐの京菓子屋から、あるじが飛び出て来た。

「さっき、六尺棒の捕方が二人、坂の上のほうに向かいましたが、何かありましたのか。まさか、泉岳寺さんでは」

と、声を潜《ひそ》める。

門前町の住人に、お上に世話を焼かせる者など、

（いるはずがない）

みんながそう思っている。

さて困った。

六尺棒は目立つ。住人に捕方が来たことを訊かれたとき、どう答えるか翔右衛門と話し合っていなかった。品川宿の書役が一緒だったが、その顔まで泉岳寺の住人は知らない。

こうした場合、きわめて大事なことがある。

（知られたくないこと以外は、正直に話す）

嘘《うそ》やごまかしがあれば、かえって疑念を呼ぶことになる。まして杢之助は咎人《とがにん》の一人お洽《ごう》と面識があり、親身になって逃走を助言していたのだ。それが露顕《ばれ》れば、杢之助はその場で縄付きとなり、唐丸籠と一緒に茅場町《かやばちょう》の大番屋まで引かれることになろうか。そのお洽が、泉岳寺に引かれて来る。杢之助には、まさしく針《はり》の莚《むしろ》である。

京菓子屋に声をかけられ、杢之助は下駄の歩をとめ言った。

「一緒にいた人、ご存じねえですかい。品川の問屋場の書役さんで、けさ早く、六郷の渡しで捕物があったらしくて」

って来た。

「えっ、捕物？」

京菓子屋のあるじは声を上げ、〝捕物〟が聞こえたか、それだけで人が幾人か寄って来た。

「それの護送で、唐丸籠が三挺、今宵この町で過ごし、あしたの朝早くに発つとかで、その打ち合わせに町役さんを訪ねなさったのさ」

向かいの下駄屋のあるじが言った。

「けさ早くの捕物なら、すぐ府内へ引いて行きゃあ、とっくに日本橋に着いて、三人とも茅場町の大番屋のご牢内じゃないのかね」

「それをこの時分に、迷惑な話だぜ」

集まった住人らは言う。

杢之助はそれら住人へ、説明するように言った。

「それでまあ儂も気になって、ようすを見に門竹庵さんにな。どこの旅籠に駕籠尻《かごじり》をつけなさるのか、訊いておこうと思いやしてな」

「おう、行ってきねえ。俺たちも気にならあ。旅籠といやあ、そこの播磨屋《はりまや》さんとそのお向かいの鷹屋《たかや》さんだ。あとは小さな木賃宿《きちんやど》だ。どっちに決まるかなあ」

「どっちにしろ、唐丸籠なんざ持ち込まれたら、えれえ難儀《なんぎ》だぜ」

「まあ。それを確かめに」

杢之助は、播磨屋も鷹屋もその役目を仰《おお》せつかると確信している。唐丸籠はかたや火盗改で、かたや町奉行所なのだ。

（警備を分散しても、おなじ旅籠に草鞋《わらじ》を脱ぐことはあるまい）

そう踏んでいる。

「それじゃな」

と、その場で故意に足踏みをして下駄に音を立て、ふたたび坂上に向かった。京菓子屋の前の人だかりはそのままで、通りがかりの近所のおかみさんまで、

「えっ、さっき唐丸籠と聞こえたけど、通るんですか、おもての街道を？」

と、輪に加わって坂下を手で示した。

「街道じゃないよ。この坂道を上って来るのさ」

「ええっ。唐丸籠のご一行が四十七士にお参り!?」

おかみさんの声は大きかった。

「えっ、唐丸籠？」

と、大きな風呂敷包みを背負った行商人までが輪に加わる。

「お参りじゃないさ。お泊まりさ」

「ええええええ」

往還の声は驚きとともに、行商人や荷運び人足も加わり、六郷川の渡し場で捕物のあったことも、けっこう詳しく町内にながれはじめた。

唐丸籠が用意されるとは、凶悪な咎人《とがにん》を人々は想像する。

亭主殺しのうわさは、事情よりも重罪になる話ばかりがささやかれ、やくざ者二名も凶悪な人殺しとなっていた。

杢之助が山門前まで歩を進めたとき、

「おう、木戸番さん。見に来てくれたかい。ほれ、もうこんなに」

と、焼継屋が莚の上を手で示した。欠けた茶碗や皿がならべられている。欠け具合にもよるが、熱して継ぐのだから、一つひとつにけっこう時間がかかる。それを思えば、きょう中にできる量はすでに超えている。

「商売繁盛でけっこうなことじゃねえか」

と、杢之助は莚の前にしゃがみ込んだ。

六郎太は言う。

「あしたもこの町内で店開きするからって、その分まで引き受けたのよ」

「ほう。あした用に請け負《お》った品かい。番小屋に預け《うち》ねえ」

「そうさせてもらわあ」

「それよりもさっきよ、問屋場の書役さんと捕方が二人、門竹庵さんに入《へえ》らなかったかい」

「ああ、入《へえ》りなすった。今宵の打ち合わせだろうよ。旅籠や町の衆にすりゃあ、ええこったで」

「そうだろうなあ。ちょいとようすを見てくらあ」

「おう、行って来ねえ」

話しているところへ、町内のおかみさんや旦那衆が五人ほど、店開きしている焼継屋の前にしゃがみ込み、

「お客じゃなくてご免《めん》なさいねえ。日向亭のお千佳ちゃんから、品川の捕物なら、焼継屋さんが詳しく知っていなさるって聞いたもんで」

「おまえさん、品川から来ている人だからねえ」

口々に言う。いろいろなうわさ話を町々に広めるのも、こうした行商や出職《でじょく》の仕事である。次の仕事につなげるためにも、町々で聞いたいろいろな話を披露し、顔なじみを増やすように心がけているのだ。

いまは泉岳寺の門前で、焼継屋の六郎太が主役である。街道を行く唐丸籠が、な

んの風の吹きまわしか泉岳寺門前町の通りに入って来て、しかも一泊するなど前代《ぜんだい》未聞《みもん》なのだ。

焼継屋六郎太は言う。

「そうよ、うしろ手で駕籠をかぶせられているのは、やくざ者のような野郎が二人に、女が一人」

「えっ、女の咎人！」

近くのおかみさんが声を上げたのへ、荒物の行商人がつないだ。

「女って、岡場所の女の無理心中かい。それとも痴情《ちじょう》のもつれから亭主殺しなんてことは」

あるめえ……と、つづけるつもりが、それよりさきに焼継屋の六郎太が、

「そう、図星だ」

言ったものだから、

「えぇえ！」

「ど、どんな女なんだい。まだ若いのかい、年増《としま》かい」

座はにわかに猟奇的な気配を帯びてきた。

（おっといけねえ）

杢之助は焼継屋の前で長居をしてしまった。町役総代の門竹庵へ御用聞きに来たのだ。町内に知らせ事があれば、その遣《つか》い走《ばし》りや触《ふ》れ役《やく》も木戸番人の仕事の一つなのだ。

杢之助は腰を上げ、

「ご免やっしゃ。ちょいとご免を」

すでに人垣となっていた輪の外へ出た。

「あらあ、杢之助さん。やっぱり来てらしたんですね」

と、いきなり声をかけてきたのは、門竹庵細兵衛の妹のお絹《きぬ》だった。

杢之助にとって、因縁《いんねん》浅からぬ人物である。

杢之助は小田原《おだわら》に近い灌木群《かんぼくぐん》の中で、三人組の盗賊に襲われようとしていた母娘《おやこ》を救った。それがお絹と十二歳になる娘のお静《しず》だった。門竹庵に住み込みの竹細工職人と駆け落ち同然に一緒になり、小田原で自家製の扇子を商《あきな》っていた。商《あきな》いは順調だった。

そこへ三人組の盗賊が押込んだ。金品を奪われ、亭主を殺されただけではなかった。三人組の顔を、娘のお静が見た。三人組は母娘の口を封じようとした。その現場に杢之助が居合わせ、賊を追い払い母娘を助けた。

盗賊が押込んだ先で殺しを働く。

杢之助の最も嫌悪する、断じて許せない所行《しょぎょう》である。

（この母娘、儂の命《いのち》に代えても護らにゃならねえ）

他人《ひと》には言えない理由から、杢之助はお絹とお静を護り、母娘の実家である泉岳寺門前町の門竹庵に送り届けた。

通常の旅なら二日の旅程だが三日を要した。もちろんその過程で、襲って来る盗賊どもにつぎつぎと必殺技をくり出し、三人のうち二人をこの世から消し、母娘の向後《こうご》の生活《たつき》に安堵《あんど》を与えた。

その過程で杢之助は巧《たく》みに動き、殺しの現場を幼いお静にも母親のお絹にも見られることはなかった。だが、一緒に旅をしているのだ。

（――このお人は⁉）

と、お絹が得体の知れない頼もしさを感じないはずはなかった。

秘《ひそ》かな畏敬《いけい》の念であり、しかも恐ろしく、お絹はそれを直接杢之助に質《ただ》すことはできなかった。訊いてはいけないような気がしたのだ。

たまたま泉岳寺門前町の木戸番小屋が無人だった。

「――決まった住処《すみか》も、これといった行く先もございません」

杢之助はお絹に言っていた。

実際、そうだった。

両国で木戸番人をしていたとき、土地《ところ》の岡っ引に素性が露顕《ばれ》そうになり、江戸を離れざるを得なかったのだ。

それが東海道を小田原まで出たときに、盗賊に命を狙われるお絹とお静の母娘に出会ったのだ。

（お江戸は高輪の大木戸《おおきど》まで。高輪の泉岳寺は府外《ふがい》）

というのが、泉岳寺門前町の木戸番小屋に入った理由だった。

もちろんお絹がそれを懇願し、町役総代である門竹庵細兵衛も妹のお絹にせっつかれ、町役の日向亭翔右衛門の要請もあって勧《すす》めた。

泉岳寺門前町の木戸番人になった杢之助は、その期待によく応えた。

だが府外とはいえ、そこは江戸に近すぎる。

いまもまさしくそれであった。

府内で発生した二つの事件の咎人が、当然のように泉岳寺門前町にひと晩留め置かれようとしている。役人たちにもそこから江戸府内を示す高輪大木戸の石垣が見えるとあっては、それだけ安心感がある。

それにお絹である。杢之助に護られての、小田原から江戸までの道中の経験は大きかった。亭主を殺され、娘とともに自分まで狙われる状況をかいくぐってきたなかに、他の女には見られない度胸が備わっていた。

そのお絹が言う。

「……やっぱり」

と。

杢之助ならこの事態に動じず、盗賊から自分たち母娘を護ってくれたときのように、なにがあっても町の難儀を乗り切って、土地《ところ》の平穏を護ってくれると確信している一言《ひとこと》だ。

二

お絹は深紅《しんく》の鼻緒《はなお》の下駄《げた》に軽やかな音をたて、駈け寄って言う。

「ちょうどよかった。これから杢之助さんのところへ行くところだったのです」

「ふむ」

杢之助は返し、

「商舗場（みせば）で聞きましょうかい」

と、みずから門竹庵の暖簾のほうを手で示した。すぐそこだ。町役総代からなにやら杢之助に話があるようだ。往来人のあるなかで話せることではないのかも知れない。

お絹はうなずき、

「さあ」

と、杢之助をうながした。

商舗場には扇子をはじめ団扇《うちわ》、提灯《ちょうちん》、笠、花生《はない》け、箒《ほうき》など、裏手の工房で竹細工職人が丹精を込めた作品がならんでおり、お寺の門前にしては華《はな》やかな雰囲気をつくり出している。

門竹庵では竹細工職人だけでなく絵師や漆師《うるしし》、書家まで抱えている。それらの手によって、竹藪から伐《き》り出してきた孟宗竹《もうそうだけ》が女の白い指に似合う扇《おうぎ》に化けるなど、過程そのものが芸道である。その門竹庵の亭主が泉岳寺門前町の町役総代というのは、まさに適任と言えた。

いま玄関を出たばかりのお絹が帰って来て奥に声を入れると、

「ほう、ほうほう。木戸番さんのほうから来なすったかい、さすが」

木戸番人は町で雇用しており、住人からは〝おい、番太郎〟とか〝やい、番太〟などと呼ばれている。木戸番人とは木戸の開け閉めだけでなく、町の小間遣《こまづか》いでもあるのだ。

だが、泉岳寺門前町では違った。木戸番小屋に入った杢之助は、町役総代の妹の命の恩人である。お絹は杢之助の名を呼び、妹から話を聞いている細兵衛も一目置《いちもく》き、軽い呼び方はしない。〝木戸番さん〟と鄭重《ていちょう》に呼んでいる。町役総代がそうであれば、町役たちはむろん他の住人もそれに倣《なら》っている。

その厚遇は杢之助にとって、決して快《こころよ》いものでなかった。

（儂《わし》ゃあ、野原に落ちた枯れ葉一枚でいたいのよ）

杢之助の願望である。

野原に落ちた枯れ葉は、存在はしても目立つことはない。

そうした生き方を、杢之助は願っているのだ。

ならばこれまでなぜ、甲州《こうしゅう》街道に面した四ツ谷左門町《さもんちょう》、両国広小路《ひろこうじ》に面した米沢町《よねざわちょう》と、繁華《はんか》な人目につきやすい町ばかりを選んで木戸番人をしてきたのか。いまも東海道に面した、しかも参詣人の多い泉岳寺門前町の木戸番小屋に入っているのか。

繁華で人目につきやすい。そこが杢之助の狙い目だった。静かな土地《ところ》なら、かえって人目につく。繁華であれば、誰が木戸番小屋にいようと、他人《ひと》はかえって気にかけない。杢之助はそれを選んだ。まさに人の心理の裏をついた生き方である。度胸のいる生き方でもある。もちろん杢之助に、相応の度胸はあった。それよりも、周囲が静かであればあるほど、来《こ》し方《かた》が思い起こされ、それがおもてになることへの恐ろしさが、

（身を苛《さいな》む）

のだ。

危《あや》うい環境で、身に降る火の粉を払いながら生きる……。

そこにこそ、杢之助の世に隠れた生き方があるのだ。

といっても、杢之助が好んで事件を呼んでいるのではない。放置すれば重大事件となりそうなのが、杢之助が毎朝毎夜開け閉めする木戸を入って来るのだ。

いまもそうである。放《ほう》ってはおけない。

「なにが〝さすが〟でござんしょう。儂はただ、ほれ、そこの焼継屋さんから話を聞き、いささか気になりやしただけで」

「ははは、そこが木戸番さんの嗅覚《きゅうかく》の鋭《するど》いところですよ」

細兵衛は言い、

「ともかく、ここじゃまずい。ちょいと奥へ」

と、李之助を奥へいざなった。

李之助も、

「へえ、儂も坂道への入口で、ほれ、そこの焼継屋さんから話に聞き、先触《さきぶ》れでやしょうか、捕方さんがこの町へ入《へえ》ったもんで、ついようすを伺《うかが》いに」

と、細兵衛の手招きに応じた。

細兵衛は老舗《しにせ》門竹庵のあるじだが、着物に角帯《かくおび》を締めるより職人気質《しょくにんかたぎ》の男で、いつも腰切半纏《こしきりばんてん》を三尺帯《さんじゃくおび》で決め、裏手の職人たちとおなじいでたちである。それがまた門竹庵の細工物の質の高さを示し、商舗《みせ》の評判を高めている。李之助もそのような細兵衛に、

(気さくで頼りになるお人)

と、親近感を覚えている。

「なあに、今宵ひと晩だ。あしたの朝には、どちらも一緒にご出立《しゅったつ》なさる」

細兵衛は楽観しているように言うが、表情は真剣そのものだった。なにしろ唐丸籠を三挺も町内の旅籠に留め置かれるなど、泉岳寺門前町にとっては前代未聞のこ

とだ。しかも一行は町奉行所と火盗改である。双方が相容《あいい》れない仲であることは、町場にも広く知れ渡っている。

山中の峠道《とうげみち》でもあるまいし、護送中の咎人を仲間が襲って奪還するなど、

(四十七士の眠るご門前で、あり得ないこと)

細兵衛は確信している。

それは杢之助もおなじだった。

ならば町役総代と木戸番人は、なにを懸念しているのか。もちろん杢之助の懸念は、木戸番人としての表向きの懸念である。秘めた懸念は胸に収めている。

火盗改と町奉行所がひとかたまりになって町に入って来る。

そこが危ないのだ。

おなじ旅籠なら部屋割りに苦労する。別々の旅籠なら、格式に苦労する。

それらの調整に、品川宿問屋場の書役が出張《でば》って来たのだ。双方とも同心が出張らなかったのは、町中《まちなか》で言い争いになって醜態《しゅうたい》をさらすのを防ぐためだった。捕方なら、単に警備だけだから争いにはならない。火盗改も町奉行所も旅籠割りの采配を、品川宿の書役に任《まか》したのだ。役人同士のくだらない醜態を町人に見せないため、賢明《けんめい》な策といえた。

杢之助が部屋に通されたとき、すでに今宵の割り振りは決まっていた。品川宿の書役と門前町の町役総代で按配《あんばい》し、火盗改も町奉行所もそれに従うという取り決めになったようだ。そこに双方の捕方もうなずきを入れていた。

お絹が廊下から声をかけ部屋の襖《ふすま》を開けると、

「おお、この人がこの町の番太さんで。さきほど木戸で見かけました。それにしても早い」

書役が言う。

部屋には細兵衛と品川宿の書役が差し向かいに座り、書役の背後に捕方二人が六尺棒を肩にかけ、互いに牽制し合うように無言で座していた。

木戸番人は町の触《ふ》れ役《やく》でもある。今宵の火盗改と町奉行所の落ち着き先を話し合った結果を、それぞれの旅籠に報《しら》せ部屋に余裕があるかどうか確かめるため、杢之助を呼びにお絹を発《た》たせると、杢之助はすでに門竹庵の前まで来ていたのだ。品川宿の書役が驚くはずだ。

「儂もうわさを聞き、今宵が気になりやしてな。ようすを伺いに来やしたところ、お絹さんが暖簾から出ておいでてやしてな」

木戸番姿の杢之助は部屋に入らず、廊下に片膝をついた姿勢で返し、

「按配は決まりましたろうか」

問いを入れた。

さらに、

「ともかく、一応でござんすが、咎人は三人と聞きやすが、どんな名でどんな罪人でござんしょうか。ま、木戸番人として、一応知っておいたほうがよいかと思いやして」

李之助の、是非とも書役に聞いておきたいことであった。

「おうおう、この木戸番さんなら、知っておいてもらったほうがよさそうじゃ」

と、書役は問いに応えた。

はたして女は亭主殺しのお洽で、やくざ者の二人は賭場開帳の壱左と伍平といった。

（やはり、二つの事件がここに集まったかい）

さすがに李之助で、判明すれば却って冷静沈着になった。

「まったく、恐ろしい三人ですわい」

心底《しんそこ》迷惑そうに言ったのは、門竹庵細兵衛だった。町役総代として、そう感じても仕方ないだろう。

品川宿の書役はそこをよく解している。町役総代よりも冷静沈着な木戸番人に、あからさまに渋面《じゆうめん》をこしらえる町役総代へのあてつけか、

「さすがは泉岳寺さんの木戸番さんじゃ。難儀へ前向きに取り組もうとしていなさるようじゃ」

と、部屋の中から廊下の杢之助に視線を向けた。

杢之助は顔の前で手の平をひらひらと振り、

「とんでもございません。ただ唐丸籠がこの町にと聞いてびっくりし、心配になって総代さんにようすを伺いに来ただけでござんすよ。儂《わし》やあ何をどうすればよろしいので」

と、謙遜《けんそん》するような表情で言う。

芝居ではない。本心からである。

同時に、

(そうかい。府内の二つの事件が一緒に高輪大木戸を抜け、泉岳寺門前町に来やがったかい)

その本心のなかに込み上げて来ていた。

品川宿の書役は、真剣な表情で杢之助を見つめていた。

関心を持ったようなその目つきが、杢之助には困るのだ。

視線を書役から外して細兵衛に向け、

「いつものとおり、火の用心にはまわりやすが、唐丸籠の用心まではできやせんぜ。勝手が違いまさあ」

「あははは」

と、笑いを入れたのは、部屋の隅のほうにあぐらを組み、六尺棒を肩にかけるように控えていた捕方の一人だった。捕方が話の成り行きに口を出すことはないが、ここは相手が町の木戸番人ということで、いくらか同類を感じて喙《くち》を容《い》れたのだろう。火盗改ではなく、町奉行所の捕方だった。

「護送中の唐丸は、夜でも縄目《なわめ》を解いたりしねえ。籠《かご》もかぶせたままだ。町の番太郎が気を遣《つか》うことなど、なにもありゃしねえぜ」

「そういうことだ」

火盗改の捕方も、自信ありげにうなずいた。

町奉行所も火盗改も、同心や捕方のいで立ちはおなじなので、杢之助には見分けがつかない。共に相応の警備はしているようだ。町にひと晩留め置いても、木戸番人に特に仕事は増えないようだ。

だが、気になる。格子《こうし》に入れられたのも同然の咎人が三人、町でひと晩過ごすのだ。どんな異常が発生するか知れたものではない。しかも一人は女囚で、すでに杢之助が係り合ったお洽なのだ。

「ま、おめえはいつもの火の用心のお勤めを果たしてりゃいいのさ」

火盗改の捕方が言う。

すでに品川の問屋場で初期の尋問はされていようが、お洽は杢之助の木戸番小屋でしばしの休息を得たことは話していないようだ。捕方たちは泉岳寺門前町の杢之助を、たまたま泊まることになった町の木戸番人としかみていない。

「へえ、それだけでよろしいので？」

杢之助は内心ホッとし、窺《うかが》うように視線を細兵衛に向けた。

「あらら、そのまえに用事が一つ、それを告げに行こうとしたのに」

と、お絹が割って入った。

「そう、そうでした」

品川宿の書役が応じ、

「番太さんのほうから来てくれたのです。それじゃ総代さん、私の役目はこれで終わりました。あとはよろしゅうに。捕方さんたちもよろしゅう」

「おう」

町奉行所と火盗改の捕方が同時に返し、六尺棒を小脇に抱えなおして腰を上げ、部屋を出る書役を見送った。

三

「さあ、それでは」

と、座の差配《さはい》は門竹庵細兵衛に移った。

品川宿の書役が捕方二人をともなって泉岳寺門前町の町役総代を訪ねたのは、今宵ふた組の唐丸籠の一行が泉岳寺門前町に投宿することを告げるためだった。こうしたつなぎ役も、宿場町の問屋場の仕事だった。

お上《かみ》の御用である。告げられたほうは否《いな》とは言えない。門竹庵細兵衛は書役から護送の陣容を聞き、町内で受け入れられる門構えの旅籠は播磨屋と鷹屋の二軒しかないと即断した。実際にそうで、門前町でこの二軒以外は木賃宿に近く、遠くからの参詣客に素泊《すど》まりのねぐらを用意するだけの規模でしかない。

播磨屋と鷹屋は坂道の中ほどにあり、向かい合っている。すでにこの二軒の番頭いる。

が門竹庵に呼ばれ、唐丸籠の件を品川宿の書役から告げられ、急いで旅籠に戻って

いま番頭の話に播磨屋武吉《ぶきち》も鷹屋孫兵衛《まごべえ》も、女将《おかみ》や奉公人たちとともに驚愕しているところだろう。これまで身分を問わず四十七士に供養の線香を手向《たむ》ける参詣客を受け入れてきたが、唐丸籠の一行は初めてである。勝手が分からない。すべてが手探《てさぐ》りだ。

決まったのは、相州無宿の壱左と伍平を護送する火盗改は、人数も多いところから播磨屋に入り、亭主殺しのお洽を擁《よう》する町奉行所の一行は、向かいの鷹屋に草鞋を脱ぐということだった。

すでに播磨屋と鷹屋には番頭たちによって伝えられているが、町の触れ役である木戸番人が町役総代に呼ばれた。品川宿としては、これで役務を泉岳寺門前町に引き継いでくれたことになる。

いまごろ品川宿の問屋場では、書役が戻って来るのを待っていることだろう。戻って来た書役から首尾《しゅび》を聞き、それで役人の一行は駕籠尻を上げ出立するはずだ。

品川宿の書役を見送った捕方二名は、六尺棒を小脇に持ちなおし、

「さあ、木戸番」

「案内《あない》せい」

「へえ」

　杢之助は廊下で腰を上げ、二人の捕方をいざなうように玄関を出た。

　細兵衛とお絹がそれをまた、安心できぬといった表情で見送る。

　普段から外来者への町の案内は、木戸番人の仕事である。よくあることだ。だが、案内される者が鉢巻にたすき掛け、手甲脚絆《てっこうきゃはん》に六尺棒の捕方とあっては、人目を惹《ひ》かないはずがない。杢之助は緊張した面持ちである。

　門竹庵を出てすぐのところに店開きをしている焼継屋の六郎太が、捕方二人を従えた杢之助を見て、

「おう、木戸番さん。もうご一行の旅籠は決まったかい。あとでまたよろしゅう頼んまさあ」

　声をかけた。六郎太も木戸番人の役目をよく知っている。

「ああ。あとでおいでなせえ」

　杢之助は返した。

　ものものしい捕方二人をともなった杢之助に声をかけたのは、焼継屋だけではない。うわさはすでに町場にながれている。

「おっ、木戸番さん。唐丸籠、やはり来るのだな」

「ああ。このお人ら、先触《さきぶ》れのお人らでなあ」

杢之助は返す。

周囲に緊張が走る。

播磨屋と鷹屋では、杢之助からそれぞれの捕方を引き合わされるとき、どちらも亭主と女将が玄関に出て困惑の表情で迎えた。引き合わせた捕方はいずれも同心格だろう。本隊が来るまでに、旅籠側と受け入れの段取りを決めておかねばならない。玄関で引き合わせれば、ここで木戸番人の唐丸籠に係り合う仕事は終わる。

杢之助は役目を終え、下り坂の通りに出て、

「ふーっ」

大きく息をついた。

渋面《じゅうめん》の播磨屋武吉や鷹屋孫兵衛と異なり、その表情は晴れやかだった。

(助かった)

思っているのだ。

先触れに来たのが六尺棒の捕方だったことだ。捕方は咎人《とがにん》を現場で取り押さえても、探索には係り合わない。まして十数年まえに消えた盗賊など、脳裡の片隅にも

ないだろう。だが勘の鋭い町奉行所の同心なら、杢之助と直《じか》に接すれば、

（こやつ）

と、胸に引っかかるものを覚えるかも知れない。それが杢之助には恐いのだ。その瞬間を杢之助は免れたのだ。あとは唐丸籠の本隊が来ても、書役から場所は聞いていよう。木戸番小屋に案内を命じるまでもない。番小屋の前を素通りしてくれるだろう。それで杢之助はひと息ついたのだが、まだ安心はできない。唐丸籠で来るのは、お洽なのだ。

そこに覚える懸念を胸に、

（儂の仕事はもう終わった。あとは知らん）

自分に言い聞かせ、坂下に歩を進めた。

腰高障子は開け放したままだった。不用心ではない。昼間の木戸番小屋では、これが一番の用心なのだ。町の者すべてがそこを見ている。

「よっこらしょっと」

杢之助は声に出し、すり切れ畳にあぐらを組んでからも、取り越し苦労か外の動きが気になる。

「木戸番さん。唐丸籠、ほんとに播磨屋さんと鷹屋さんに入るのかね」

腰高障子に顔を入れ、訊く住人もいる。引き回しの囚人や唐丸籠など、これまで街道を通っても町に入って来ることはなかった。ひと晩とどまるとなれば、やはり心配である。

それにさきほど、杢之助が、

(……ん？)

と、首をかしげる場面もあったのだ。

「ああ、間もなく来なさろう。なあに、お役人がついていなさるから、なにも案じることはござんせんよ」

杢之助は軽い口調で返した。

陽はすでに西の端に大きく傾いており、

「いなさるかい」

と、焼継屋六郎太が引き受けた茶碗や皿を入れた竹籠を持って来た。この時分なら陽がまだ西の空にあるうちに、品川に戻れるだろう。

「おう、置いていきねえ」

「とりあえず、これだけだ。あしたはここの駕籠溜りで店開きをさせてもらわあ。

そう総代さんにも話をつけてきた」

　言いながら六郎太は敷居をまたぎ、欠けた皿や茶碗をすり切れ畳の上に置き、自分もそこに腰を据え杢之助のほうへ上体をねじった。仕事以外に、なにやら話があるようだ。

　杢之助は内心身構えた。

　六郎太は言う。

「さっき気が付いたんだがよ。どうもみょうだ」

「なにが」

「なにがって、木戸番さんが火盗改とお奉行所の六尺棒を播磨屋さんと鷹屋さんにともなったときさ。侍《さむれえ》が二人、それを確かめるように近くをうろついていたのを、気が付かなかったかい」

　杢之助がさきほど〝……ん？〟と首をかしげたのは、まさにそれに対してだった。

だが、とぼけた。

「お武家？　そんなのここの通りじゃ珍しくねえぜ。なにしろここは赤穂《あこう》四十七士のご門前だ」

「そりゃあそうだが、俺が言っているのは参詣の侍じゃねえ。この坂道を行ったり来たりしてやがったのよ。その二人さ、見覚えがあるのよ」

「ほう」

杢之助は興味を示した。

六郎太はつづけた。

「唐丸籠がつぎつぎと品川の問屋場に運び込まれるときもよ、近くをうろついていやがったのよ」

「ほう、お侍さん、品川にまで出張っていなさったかい」

「そうさ。それがまた門前町《こ こ》でも……、気味が悪いぜ。袴《はかま》は着《つ》けていやがるが、紋付の羽織は着けていねえ。刀も長いのを一本、落とし差しにして浪人のように見えたが、そう尾羽打《おはう》ち枯《か》らしたようには見えねえ。まったくわけのわからねえ侍だ。それがちょいと気になってなあ。木戸番さんの耳に入れておいたほうがいいと思うてなあ」

「おいおい、物騒なこと言わねえでくんねえ。儂《わし》ゃあそんなお侍など、相手にしたくねえぜ」

「まあ、そうだろうが。念のために、ちょいと話したまでよ。それじゃまた。あしたはこのすぐ横で店開きさせてもらわあ」

言いながら六郎太は腰を上げ、火熾《ひおこ》しの道具も三和土《たたき》の隅に置き、ほとんど手ぶらで外に出た。

「ああ、待ってるぜ」

杢之助は軽く応じ、その背を見送ったが、

（やはりそうかい）

と、気は重かった。杢之助が〝……ん？〟と感じたのは、六郎太の目に留まった二人の武士に対するものだった。六郎太の言葉で、懸念が明確になった。紋付の羽織は着けず、浪人を装《よそお》っている。だが浪人には見えない。

（賭場を開帳していた小笠原家の家士《かし》？）

首をかしげた瞬時、杢之助の脳裡を走った。そこに間違いのないことを、杢之助は確信したのだ。

（ならば、ひと騒動起こるのは、今夜か）

杢之助は背筋にブルルと戦慄《せんりつ》を走らせた。

賭場を仕切っていた相州無宿の壱左と伍平が火盗改の手に落ちれば、小笠原家が率先して巷間《こうかん》のやくざ者を呼び込み、ご法度の賭場を開帳していたことが明るみに出る。鉄砲簞笥奉行四百石となれば、やがて火盗改長官の任にもつける役職である。

その小笠原家がご法度の賭場を……。由々《ゆゆ》しきことであり、お家断絶にもなりかねない。小笠原家としては、賭場開帳の生き証人を、

(抹殺するしかない)

駕籠舁きの権十と助八からうわさを聞いたとき、ふと脳裡に走らせたのである。

小笠原家当主の壮次郎は刺客《しかく》を放《はな》ち、壱左と伍平の口を塞《ふさ》ぐ。相手は遊び人であり、殺しやすい。ところが二人は火盗改の手に落ちた。

(どうする)

身分を隠した刺客二人は、額《ひたい》を寄せ合ったはずである。

さいわいだった。みょうな町方の唐丸籠の一行と一緒になり、夕刻近くに府外の泉岳寺門前町の旅籠に草鞋を脱ぐことになった。

(そこを襲う)

しかない。

火盗改の一行が草鞋を脱いだのは、播磨屋のほうだった。

そこまで刺客二人は尾行していた。お仲間として救出するのではなく、殺害するのだ。難しいことではない。いま二人は、今宵播磨屋を襲うべく、いずれかに身を寄せているることだろう。

「冗談じゃねえぜ」

思わず杢之助は声に出した。

もしも今宵、二人の武士が播磨屋を襲い、壱左と伍平を殺害して逃走したなら、明らかに泉岳寺門前町で発生した事件となる。町奉行所も火盗改も新たに与力や同心を、泉岳寺門前町に投入するだろう。木戸番小屋がそれらの詰所《つめしょ》となり、案内役は、

「儂だぜ!!」

また声に出した。

街道のほうが慌ただしくなったようだ。

四

すり切れ畳の上に座し、待った。

街道に面した窓の突き上げ戸は朝から上げたままで、格子のような櫺子窓《れんじまど》も開いている。

(来たか)

胸中につぶやき、腰を浮かし櫺子窓のすき間から街道を窺《うかが》った。ちょうど一行がさしかかったところだ。先頭は男の囚人だから火盗改のようだ。二挺つづいているが、どちらが壱左か伍平か分からない。それは杢之助には問題でもなんでもない。街道で、しかも明るいうちに襲う者などいないだろう。それでも打込み装束に十手を手にした同心を先頭に、籠の両脇を六尺棒が固め、ものものしい雰囲気だ。

「おおう」

と、往来人は一行に道を開け、しばし立ち止まって籠の中をのぞき込む。お洽は一番うしろだった。

急いで窓から離れ、下駄をつっかけ腰高障子のすき間から外を窺った。はっきりと籠の中が見える。いずれも髷は崩れ両手をうしろ手にきつく縛られ、窮屈そうにうつむいている。あの姿勢で長時間、息もしにくいはずだ。

(くわばら、くわばら)

杢之助は胸中に念じた。まかり間違えば、自分が唐丸籠に乗せられ、人目にさらされてもおかしくないのだ。思わず腰高障子の内側に首を引っ込め、すぐにまた通りをのぞいた。ちょうど腰高障子の前を通過したのは、お洽の籠だった。うしろ手に縛られ窮屈そうに横座りになり、うつむき乱れた髪が顔を覆い、面体《めんてい》は確かめられなかったが、間違いなくお洽だ。亭主の千走りの勘蔵を殺した罪だ。

(たしかに亭主殺しは大罪だ。だが畜生働きをする盗賊を始末したのではないか。なにが罪なもんか。奉行所から金一封が出てもいいほどだぜ)

杢之助は念じ、瞬時飛び出し助けたい衝動に駆られた。

腰高障子がガタリと音を立てた。

一行は木戸番小屋の前を通り過ぎた。

杢之助は目で見送り、

(お洽さん)

胸中に念じ、頭《こうべ》を下げていた。

街道から門前町の通りに入り、木戸番小屋の前を通り過ぎるまで、お洽はうつむいたまま、顔を上げることはなかった。木戸番小屋と係り合いのないことを、身をもって示しているようだ。

(助けたい)

杢之助はまた思った。

心ノ臓が高鳴る。できない相談ではないのだ。

向かいの日向亭の角から、小笠原家の刺客と思われる武士二人が、坂を上る一行の背を目で追っている。二人は火盗改の一行が播磨屋に入り、女囚の町奉行所の一行が向かいの鷹屋に入るのを確かめるだろう。

二人は今宵播磨屋を襲い、壱左と伍平を籠の外から刺し殺して逃走するか。

唐丸籠の咎人は、夜だからといって縄目を解かれ横になって眠れるわけではない。うしろ手に縛られたまま籠の中で一夜を過ごすことになる。伸びもできない。息苦しいはずだ。そのまま旅籠の裏手の土間に据え置かれ、見張りがつく。その窮屈さは、思っただけでゾッとする。

見張りはたぶん一人で、六尺棒が交替でつくことだろう。助けて逃亡させるのではない。籠の外から刺し殺すのだ。現場からの逃走は、自分たちの身だけである。

(できないことではない)

杢之助は算段した。

(その隙《すき》を狙えば……)

鷹屋からお浛一人を逃がす……。

(いけねえ、てめえでてめえの以前をさらけだすようなことは)

杢之助の心ノ臓がふたたび高鳴る。

気がつけば唐丸籠一行のうしろ姿は見えなくなり、刺客の武士二人も日向亭の陰から消えていた。標的が播磨屋に入るのを確かめ、周辺の地形を実地に調べに出向いているのだろう。

日向亭の翔右衛門も縁台に座り、一行を見ていた。

通り過ぎ、杢之助が警戒するように、腰高障子のすき間から顔だけ出しているのに気づくと、腰を上げ、

「やあ、木戸番さん。今宵は落ち着かないだろうが、お役人衆のあのものものしさだ。いつものように火の用心にまわれば、それでじゅうぶんと思いますよ」

言いながら木戸番小屋に近づいて来た。

「へえ。さきほど門竹庵の総代さんからもそう言われやした。ま、気を落ち着け、いつもどおりまわらせていただきまさあ」

杢之助は胸の動悸を隠して返し、敷居を一歩またいで外に出た。

「あら、やっぱり木戸番さんも見てらしたのですね」

お千佳が盆を小脇に近寄り、

「唐丸籠をあんなにたくさん、一度に見るの初めてです。それに一番うしろ、女の人でした。男の人も髪の毛を乱し、人って悪いことをすれば、みんなああなるので

すねえ。恐ろしい」

翔右衛門の横に立って言い、実際に蒼《あお》ざめた表情になって全身をブルッと震わせた。三挺も同時にというのは、杢之助にも珍しい。それだけお千佳には印象も強烈だったのだろう。

(悪いことをすればではない。止《や》むにやまれぬ場合だって……)

言いたかった。だが、杢之助はその言葉を呑み込んだ。

一度に三挺もの唐丸籠は、やはりお千佳ならずとも誰の目にも強烈に映ったようだ。その一行が播磨屋と鷹屋に消えてからも、通りはいつもと違った硬《かた》い雰囲気に包まれていた。

ちょうど一日の区切りとなる日の入りを迎えた。

茶屋の日向亭は外に出した縁台をかたづけ、通りの筆屋も仏具屋もそば屋も暖簾を仕舞いにかかる。

暖簾をそのままに玄関の戸を開けているのは、播磨屋と鷹屋だけとなった。旅籠であれば、人の出入りがまだあるからだ。これもいつものことだが、唐丸籠が入ったあととなれば、旅籠の前を通る住人は中を窺《うかが》うように歩をゆるめる。その二軒だけが、ことさらいつもと違った空気に包まれている。

杢之助はそのほうに視線をながし、

「ま、あしたの朝まで、気をつけておきまさあ」

「なあに、ちゃんとお役人がついていなさるから」

杢之助が言ったのへ、翔右衛門は張り詰めた気をほぐすように言った。

「でも、なんだか恐い」

と、お千佳はなおも心配げな表情を崩さない。お千佳だけでなく、町の住人で落ち着かない者は少なくないだろう。

「さあさあ、お千佳。暖簾もかたづけて」

「は、はい」

お千佳は縁台のかたづけに入り、杢之助は木戸番小屋の中に戻った。

ふたたびすり切れ畳の上にあぐらを組み、時の過ぎるのに身を任せた。

杢之助はただ思うだけで、意は決していない。

お洽を助けることである。

刺客二人が播磨屋に打込み、騒ぎが起こったとき、杢之助は反射的に動くかも知れない。人の目を忍び、事を起こすのは杢之助の得意とするところだ。波の音を聞きながら、思いはじめていた。

（刺客のお二人さんよ、いつ打込みなさる）

むろん、播磨屋に騒ぎが起こったとき、（向かいの鷹屋の裏手に忍び込む）ことを、決意したわけではない。

ただ、

（できぬことではない）

脳裡の片隅にある。

唐丸籠の一行を吸い込んだ泉岳寺門前町の通りは、日の入り時でもあったせいか重苦しい空気に包まれていた。

五

街道に面した窓は突き上げ戸も降ろし、部屋の中は油皿《あぶらざら》の灯芯《とうしん》一本の灯りのみとなっている。

間断のない波の音が聞こえる。一回目の火の用心にまわる宵《よい》の五ツ（およそ午後八時）が近づいている。

李之助はすり切れ畳の上で、あぐら居のまま身をブルルと震わせ、思い切り背筋を伸ばした。

播磨屋と鷹屋の裏手の土間に置かれた、唐丸籠に思いを馳せたのだ。

(辛《つら》かろう。儂の歳にゃ、もう耐えられねえぜ)

胸中につぶやく。

また心ノ臓が高鳴る。勘働《かんばたら》きの鋭い同心と接触し、李之助の以前に疑念を持たれたなら、いまうしろ手に縛られて唐丸籠につながれ、前かがみになったままの姿勢でいなければならない。全身の節々《ふしぶし》が痛くなり、呼吸は困難となる。唐丸籠に拘束されること自体が、すでに拷問《ごうもん》である。

(待ってろよ)

つい本能が理性を上まわる。

だがその策が李之助の脳裡で、具体化されているわけではない。

亭主殺しは重罪だが、殺したのは畜生働きをしていた千走りの勘蔵である。

(なんの罪になる。逆に世のためではないか)

李之助は確信している。

博奕打ちの壱左と伍平は、きょう唐丸籠でチラと見ただけだが、人を殺してはいない。武家屋敷で賭場を開帳していただけだ。身柄を町奉行所にまわされ、お白洲に引き出されても、死罪にはなるまい。遠島よりももっと軽い、江戸処払《ところばら》いくらいだろう。

（それなのに、屋敷の都合で命を狙われるなんざ、理不尽だぜ）

杢之助は唐丸籠の苦しさへの同情から、そこまで思いを馳せ、

「おっと、そろそろ宵の五ツだ。余計なことは考えずに……」

声に出すと、板を張り合わせ台座をつけただけの衝立《ついたて》に手を伸ばし、かけてあった拍子木を手に取り、腰を浮かせた。

夏場だが決まりの白い足袋《たび》を履き、着物の裾《すそ》を尻端折《しりはしより》に下駄《げた》をつっかけ、油皿の灯芯から火を移した提灯を手に敷居をまたいだ。

――チョーン

拍子木をひと打ちし、

「火のーよーじん、さっしゃりましょーっ」

いつもの声を吐き、上り坂の通りに踏み出す。

宵の五ツとなればすでに人通りは絶え、灯りといえば杢之助の持つ提灯のみとなっている。それでも部屋に灯りのある家はある。

夜まわりのとき、杢之助はいつも坂道の通りをまず泉岳寺の山門前まで歩を進め、そこから枝道に入り町のすみずみに歩を踏み、街道に戻ってくる。

今宵もそのつもりで、拍子木の音と火の用心の口上《こうじょう》とともに、坂道に歩を踏み始めた。

通りに面した二階の障子窓から、淡い灯りが洩れている。播磨屋だ。向かいの鷹屋の二階にも灯りがある。火盗改と町奉行所の同心たちだ。双方とも二階から通りが見渡せる部屋をとっている。

(行ってみるか)

胸中に念じ、下駄の歩をそのほうに向けた。播磨屋の裏手に通じる枝道だ。壱左と伍平が窮屈な思いをしているのは、播磨屋の裏の土間である。

(怪しい影が忍び寄っていないか)

気になるのだ。

その矢先だった。

(ん？)

枝道の奥に、人の動く気配を感じた。

小笠原家の刺客かも知れない。

だとすれば……、思いは決まった。

(追い払わなきゃならねえ)

騒ぎが起こればお洽を助けられるかもしれぬ。しかしやはり壱左と伍平の命を護ってやりたい。ここに来た目的の一つである。それよりも、泉岳寺門前町で騒ぎがあってはならないのだ。

杢之助の足元には、下駄でも音が立たない。拍子木も打たず、火の用心の口上も控え、提灯は腰のうしろに隠し、音無しの構えで歩を進めた。

二つの影は、背後に木戸番人の目が張り付いていることに、まったく気づいていないようだ。

それらの影は、裏手の板塀《いたべい》を前にしゃがみ込んだ。奉公人が出入りする勝手口の前だ。場所は昼間のうちに確かめたようだ。こじ開けようとしている。

開かない。いまは刺客とはいえ、旗本小笠原家の家士なのだ。忍びの術など心得ているはずがない。背後から見ていて、じれったいほどだった。杢之助なら釘《くぎ》一本で開けられる。

(開けたところで提灯をかざし、騒いでやろう)

算段している。

火盗改の同心と捕方たちが、スワと二階から裏手の土間に走り、騒ぎは大きくなるだろう。刺客二人は逃げざるを得ない。それからの警備は厳しくなるだろう。壱左と伍平は殺されずにすむ。

（息苦しいだろうが、もうしばらく辛抱《しんぼう》しねえ）

つい胸中に語りかけた。なんと自分でも気づかぬうちに、やくざ者二人を逃がしてやる気になっていたのだ。日本橋茅場町の大番屋に着くのはあしたの午前《ひるまえ》だろう。ほんとうに〝もうしばらく〟だ。そこで唐丸籠から出され、縄目は解かれる。あとに待っているのは、江戸処払いだろう。殺されるよりはマシだ。

唐丸籠の咎人が、護送の途中に縄目を解かれる機会がある。厠《かわや》に立つときだ。二人の刺客が勝手口の板戸をこじ開けようとしていたとき、屋内の裏手の土間ではちょうど壱左が、

「お願《ねげ》えいたしやす」

と、見張りの捕方に願い出ていた。

二人一度には許されない。

「おう」

と、捕方は同輩を呼び、二人がかりで壱左を厠に連れて行き、そこで縄目を解い

た。よからぬ気を起こさせぬように、警戒は厳重なのだ。だがこのとき土間の唐丸籠の警備は無人となる。残っている咎人はうしろ手に縛られたままであり、わずかの時間なら問題はない。捕方たちはそうみているが、事が起こらなければ実際にそうであろう。

壱左はおとなしく、厠に行きたかったのは本当だった。戻って来た壱左に捕方が、

「さあ、存分に伸びをしろ。縄をかけるぞ」

と、ふたたび縄をかけようとしたときである。

裏の板塀の外で刺客二人が開かない板戸に苛立《いらだ》ち、

「ええい、蹴破《けやぶ》るか」

「仕方ない。そうしよう」

話していた。

杢之助には屋内のようすは分からないが、外のようすは影の雰囲気から分かる。いよいよのようだ。

(よし。ここで提灯を突き出し、声を上げるぞ)

意を決したときだった。

事態は一変した。

騒ぎはあった。

板戸を蹴破る音がしたのではない。

（どうした！　なにがあった⁉）

李之助は提灯の灯りを袖《そで》で覆ったまま、おもて通りのほうへふり返った。突然の派手な気配は、背にしたおもて通りのほうから伝わって来たのだ。

激しく玄関の雨戸を叩く音だった。

（えっ、播磨屋？　それとも鷹屋⁉）

そのいずれかだが、枝道の奥からは判断できない。

刺客二人も身をかがめたままおもての騒ぎを感じ、ふり返った。

その視界に、提灯を手にした木戸番人がいる。

「おおっ」

二人は声を上げると同時にうなずきを交わした。さすがは隠密裡《おんみつり》の行動か、腰を上げるなり枝道の奥に走り込んだ。刺客二人の存在は、役人たちに知られることはなかった。知っているのは李之助だけである。

その李之助は二人を追うよりも、提灯をかざしおもて通りに走った。それはもう木戸番人としての本来の行動である。

おもて通りに出る。

閉まっていた鷹屋の雨戸が開き、捕方を連れた同心が播磨屋の雨戸に駆け寄り、

「一大事だ、開けろ！」

叫んでいる。

鷹屋に入っていた町奉行所の同心だ。杢之助が最も接触を警戒している相手である。

（いまおもてに出るべきか否《いな》か）

迷い、踏み出した足をとめ、ふり返った。

すでに刺客二人の影はない。

播磨屋の雨戸が開いたようだ。

声が聞こえる。同心と同心のやりとりのようだ。

「どうなされた！」

「女と岡っ引の姿が見えぬ。探索の手を貸していただきたい！」

（なんと！）

杢之助は胸中に反応した。

背に腹は代えられぬか、町奉行所の同心が火盗改の同心に頼んでいる。なるほど

お洽の護送は同心一人、捕方三人、岡っ引一人で、火盗改のほうは二人を護送するため、同心二人、捕方六人と人数がそろっている。奉行所の同心は護送中の女囚に逃げられたとあっては、お役御免ではすまないだろう。必死の思いで宿敵の火盗改に合力を求める気持ちも分かる。

女が逃げたというのは、お洽のことに違いない。杢之助にとっても驚きである。しかし警護の岡っ引まで消えたというのは、どうしたことか。とっさには判断しかねる事態だ。

（いってえ何がどうなってやがる⁉）

杢之助は混乱した。騒ぎが聞こえてきたのは、播磨屋のおもて玄関だけではなかった。相互に連動しているのか、それともまったくの別物が、偶然の一致をみせたのか……。

六

播磨屋のおもての雨戸がけたたましく叩かれたのは、鷹屋の屋内の厠の前で、捕方が壱左の手に縄をかけようとしていたときだった。おもての騒ぎに捕方が反応し、その動きをとめた。

反応したのは捕方だけではない。壱左は常に、機会はないかと気を張り詰めている。

「なんでやしょう。得体の知れないおもての騒ぎを見逃すはずがない。お向かいさん、縄抜《なわぬ》けのようですぜ」

「なに！」

重大事だ。

この場の捕方は二人だ。油断があったのだろう。もう一人の捕方が、

「ようすを見てくる」

廊下をおもてのほうへ走った。

一対一だ。まだ手は縛られていない。壱左に機会が訪れた。動きは速かった。捕縄を持った捕方に体当たりするなり土間に飛び降り、素早く伍平の唐丸籠を蹴ってはずし、その身を抱き起こした。まだ縄目は解いていない。

「ありがてえ」

伍平はうしろ手のまま声に出し、捕方に向かって身構える。

捕方は廊下から土間に転倒し、まだ態勢を立て直していない。

壱左は言う、

「へん、向かって来なきゃ見逃《みのが》してやるぜっ」

二対一となった余裕である。捕方はまだ尻もちをついたまま腰を上げていない。おもてからの騒ぎはなおもつづいている。裏手に気を配る者はいない。

「に、逃がさんぞっ」

捕縄を持った捕方が身を起こしたときには、壱左は伍平を支え裏の戸を蹴破り、裏庭に出て板塀の裏戸に向かっていた。

板戸を破る音とともに外へ出たとき、刺客二人はすでにそこを離れていた。杢之助がおもての騒ぎに気を取られ、困惑しているときだ。

板戸から二人が飛び出してきたのには気がつき、ふり返った。

「おおっ」

声に出した。影の所作からそれが壱左と伍平であることを解した。杢之助は盗賊になるにも、それを追捕《ついぶ》するにもふさわしく夜目《よめ》が利《き》く。一人がもたついているのは、屋内での経緯《いきさつ》は知らないが、一人が縄目を解いており、その者がもう一人の縄目を解きながら闇に向かって走っているからだった。

(おめえら、機会を得たかい)

瞬時、問いかけると同時に、

になるぜ)

(刺客はもう来ねえ。おめえら逃げるより、白洲で裁きを受けたほうが後々《のちのち》のため

とも脳裡にめぐらした。

板戸からまた一人、影が飛び出て来た。手に捕縄を持っているようだ。

(警護の捕方)

これも影の動きからとっさに判断した。

さらに算段した。

(いまおもてに飛び出し、町奉行所の同心と接触するよりも、この捕方に接触し、火盗改の側につくほうが無難)

事情が分からないまま騒ぎの現場に行き合わせた以上、向後の検証に知らぬふりをすることはできない。

捕方の影は板戸を出たところで立ちどまり、

「ちくしょーっ。どっちへ逃げやがった」

声が聞こえた。

杢之助はそのほうへ提灯をかざし、

「もうし、この町の木戸番でございやす。捕方のお人とお見受けいたしやす」

「おおう、木戸番か。いま怪しい影が二つ出て来たはずだ。どっちへ逃げたっ」

「へえ、出て来やした。奥のほうへ走り込んだようで。なにがありやしたので」

「逃げられた。手を貸せ」

「へえ。したが、どうすれば」

杢之助は戸惑ったようすを見せた。

捕方は捕縄を手に焦《じ》れた。

「ううっ、ともかくその辺を找《さが》せ。俺は同心の旦那に報《しら》せなきゃならねえ」

杢之助の提灯の灯りの中で言うと、いま出て来た板戸の中に飛び込んだ。動顛《どうてん》しているようだ。

杢之助は提灯を手に、ひと息ついた。

この夜陰にいまから追っても無駄なことは分かっている。いま分かっているのは、鷹屋からはお洽と岡っ引の姿が消えたことと、播磨屋からは壱左と伍平が縄抜けをして闇に走り込んだことである。壱左と伍平の逃亡はまさに目撃したが、そこにいたる過程は分からない。これからどう係り合い、身に降るかも知れない火の粉をいかに払うか、ともかく全容を知っておかねばならない。

「男が二人、飛び出して来やしたが、奥へ走った以外分かりやせんっ」

話し、ひと息ついてから播磨屋の裏の板戸に飛び込んだ。

役人たちは玄関のほうにひとかたまりとなり、そこに町奉行所の者も混じっている。

揉めている。役人のなかに与力が一人でもおればいいのだが、同心ばかりである。双方を束《たば》ねて差配できる身分の者がいない。ただどうするこうすると言い合っているだけで、播磨屋の亭主も女将も奉公人たちも、どうしていいか分からずおろおろするばかりで、現場の混乱をいっそう深めている。

捕縄を持った捕方はなにやら同心に報告したようで、場はいっそう混乱する。杢之助は一度外に出てから表玄関のほうに走り、火盗改の同心に、

「この町の木戸番人でございやす。怪しい二人の影を追ったのでやすが、見失《みうしの》うてしまいやした。あとの指図、よろしゅうお願《ねげ》えいたしやす」

辞を低くして言った。

火盗改の同心は、

「うむ。木戸番か。ならばおまえが町のようすには一番詳しいはずだ。俺から離れず、そばに控えておれ」

「へえ」

杢之助は返した。

すぐ近くに町奉行所の同心がいる。

「ちっ」

舌打ちしたのが、杢之助にも聞こえた。策は成功したようだ。杢之助が火盗改の配下に入れば、町奉行所の同心がその木戸番人を使嗾《しそう》することはためらわれる。杢之助も返事とともに火盗改の同心の背後に身を置き、町奉行所の同心の視界の外に逃《のが》れた。

双方の同心はさまざま言い合ったあと、現在の状況をまとめた。ようするにどちらも唐丸籠から咎人を逃がしてしまったのだ。あしたの朝までに解決しないと、同心たちの大失態となり、新たな役人が町奉行所からも火盗改からも乗り込んで来ることになる。

泉岳寺門前町の木戸番人である以上、巻き込まれるのは必定《ひつじょう》だ。新たな同心に対しては、北町《きたまち》奉行所が来るか南町《みなみまち》奉行所が来るか知らないが、火盗改も含め木戸番小屋が詰所になるのは防げない。

「うーむむっ」

杢之助は焦《あせ》り、

（かくなる上は、どこまでも火盗改に喰いついておかなきゃならねえ）

あらためて意を決したのだ。さいわい江戸の町奉行所の管掌《かんしょう》は高輪大木戸までだ。泉岳寺は外れる。いま町奉行所の手が入っているのは、唐丸籠の護送という、特例中の特例による。

時ならぬ騒ぎに、近辺のそば屋や筆屋や仏具屋などが起き出し、それぞれに灯りをつけ、一帯は昼間の賑わいのようになった。そこに町役総代の門竹庵細兵衛の姿もあれば、日向亭翔右衛門も、蒼ざめた表情で出てきている。

町の者は役人たちのあいだに、杢之助を找《さが》している。詳しいことを訊きたいのだ。ここが杢之助の活躍のしどころである。といっても、杢之助が率先して逃亡者三人の探索に当たるのではない。

杢之助にはそれができる。捕方たちを差配すれば、潜んでいるさきを見つけ出すかも知れない。だが、それをやってはならない。野原に落ちた枯れ葉一枚になるには、木戸番小屋は〝生きた親仁《おやじ》の捨て処《どころ》〟と言われているように、おたおたして木戸の開け閉めと道案内しかできない木戸番人を演じなければならない。むしろそのほうが、杢之助にとっては困難だ。

どう探索するか、同心たちの話し合いは決したようだ。なんのことはない。どちらがどちらを差配するかというより、門前の通りを挟んで播磨屋の側は火盗改が担当し、鷹屋のほうは町奉行所が調べることになった。山門に向かって坂道の右側に暖簾を張るのが播磨屋で、左側に玄関を構えているのが鷹屋だ。

話がまとまると、

「さあ、かかるぞ」

と、町奉行所の同心は連れて来ていた捕方をうながし、鷹屋に引き揚げ玄関を入るなり、

「番頭、一軒一軒案内《あない》せよ。しらみ潰《つぶ》しだ」

声を上げた。鷹屋の屋内から番頭らしい男の返答が聞こえる。お浴の探索と消えた岡っ引の糾明だ。

播磨屋のほうでも、同心の一人が、

「よし、こっちもしらみ潰しだ」

言ったのへもう一人の同心が応じ、

「亭主、番頭や手代を案内役に借りるぞ」

「へ、へい」

ようやく事態が動き出した。

見ていた李之助はじれったかった。最初から指揮系統が明確なら、双方とも咎人の姿が消えたことが分かった時点で、探索の手は動き出したはずだ。

すでにおもてに出て来た町役や一般の住人たちによって、咎人三人が縄抜けをして逃亡中であることが広範囲に伝わった。うわさは恐怖をともなう。町家のあちこちに見られはじめた灯りは、気のせいか誰の目にも、極度の警戒心が入り混じっているようだった。

捕方を差配しようとしていた火盗改の同心に杢之助は、いかにもおろおろしているような口調で、

「あのう、儂はなにをすれば……」

「おう、おまえ。まだいたのか」

同心は面倒くさそうに言う。

すぐそばに門竹庵細兵衛がいた。火盗改の同心たちに、逃げた咎人二人を早くお縄にするよう、催促するため声をかけようと播磨屋の玄関に入って来ていたのだ。

二人の咎人が武家地に賭場を開帳していたやくざ者であることは、すでに伝え聞いている。そのような者が唐丸籠を打ち破って町場に逃げた。町じゅうが緊張に包まれるのは当然であろう。その門竹庵細兵衛が杢之助の問いに応えた。

「あ、木戸番さん。おまえさんは木戸番小屋にいて、全体を見ていなされ。大事な役目ですぞ」

「おう、そうせい。道案内はこの屋の番頭たちにさせるゆえ。おまえには、いつ俺たちの遣《つか》いに走ってもらうか分からんからなあ」

「へえ」

　杢之助は返した。このときも内心じれったかった。

　籠を破って逃げた者は、まず近くの民家に押し入り、家人を脅《おど》して身なりをととのえ、いくらかの逃走資金を調達する。そこへ聞き込みを入れるのは、無駄ではない。だが、時間がかかる。いままさに賊徒《ぞくと》に踏み込まれている家の雨戸を叩いた場合、どうなるか。家人は脅され、ぎこちなく来ていないと応えるはずだ。それを見破れるか。同心なら不審に感じるかも知れない。捕方なら家人の応えを鵜《う》呑みにし、つぎへまわるだろう。取逃がす公算も大きい。

　もし、さっき押込まれていたが逃走したばかりなら、町奉行所の同心にも知らせ、大至急合力して品川、高輪大木戸、伊皿子台《いさらごだい》と、できるだけ広範囲に網を張らなければならない。そこには町々の町役を動員しなければならない。

　そこを一言、杢之助は火盗改の同心たちに進言したかった。だができない。杢之助の進言は、逃げる者の心理に基《もと》づいているのだ。

『おっ。おめえ、木戸番にしちゃあ、よく気がつくじゃねえか』

などと、余計な関心を寄せられてはまずい。

それを杢之助はとっさに念頭に走らせ、

「それじゃ儂、番小屋にじっとしていまさあ」

言ったとき、火盗改の同心も捕方たちも、播磨屋の玄関を出て二手に分かれ、住人への聞き込みに入ろうとしていた。向かいの鷹屋もおなじだった。なにしろ双方そろって護送中の咎人に籠抜け、縄抜けをされたのだ。本来なら逃走発覚と同時に探索に動いておらねばならないのだ。それが指揮系統のあいまいさから、無駄な時間を取ってしまった。

播磨屋の玄関の中は、亭主の武吉と女将のお紗枝《さえ》、それに杢之助と門竹庵細兵衛と日向亭翔右衛門が取り残されたかたちになった。

翔右衛門は言った。

「いや、木戸番さん。番小屋には日向亭《うち》の手代を入れておきましょう。木戸番さんは異常な所がないか町をまわり、もし不審な家があれば、私らにそっと教えてくだされ」

「ふむ。それがいい」

すかさず細兵衛が応じ、武吉もうなずいた。町役たちの、杢之助への信頼のあらわれである。かれらはすでに、役人たちのもたつきを見て、その縄張り根性にあきれ、期待する気がなくなってしまったのだ。

七

杢之助の動きが、にわかに速くなった。

「ともかく番小屋の留守居の引継ぎをさせてくだせえ。翔右衛門旦那、お手代さんへの引継ぎをお願いしまさあ」

「よろしゅう頼みますぞ」

杢之助が催促し、翔右衛門が応じる。翔右衛門が言った〝よろしゅう〟は、木戸番小屋は心配せず、町内の住人に危害が及んでいないかどうか、じゅうぶんに確かめてくれとの意味だ。

「よろしゅう」

「お願いしますよ」

翔右衛門と一緒に坂道を下る杢之助の背に、門竹庵細兵衛と播磨屋武吉が声をかけた。早く解決して欲しい。江戸府内から出張《でば》って来て縄張り争いをしている役人など信用せず、最も身近な杢之助に期待しているのだ。

周囲を憚《はばか》る抑《おさ》えた声だったので、杢之助もそれに合わせ、坂下に顔を向けたまかすかにうなずきを見せた。役人がこの場を見ていても、木戸番人と町役たちが独自の探索に入ろうとしていることに気がつかないだろう。

杢之助と翔右衛門は坂道を下る。

沿道のお店《たな》のあるじや奉公人らが、心配そうな表情で暗い通りに出て来ている。雨戸の開けられた播磨屋や鷹屋の玄関を、そっとのぞき込む者もいる。そこから杢之助と日向亭翔右衛門は出て来たのだ。

「木戸番さん。凶悪犯が縄抜けをしたって、ほんとうかね」

「日向亭さん。そやつら、まさか町内のどこかに潜んでいるのでは」

「それをいまお役人が探索しているのです」

声をかける。

「ほれ、そこにも」

翔右衛門が返したのへ、杢之助がつないだ。

声をかけられたのが京菓子屋の前だった。雨戸が閉まっている。同心がそこをけたたましく叩き、叫んでいた。

「起きろ！　不審な者は忍び込んでおらんかあっ」

「へ、へい。ただいま」

京菓子屋も起きていたのだろう。すぐに返答があった。雨戸が中から開けられ、あるじが顔を出し、

「ご苦労さまにございます」

火盗改の同心はなおも問いかける。

「潜んでおらんなあ」

「へえ」

あるじは返す。

おなじ光景が向かい側の町奉行所の同心にも見られた。

なんということだろう。

(この役人ども、ど素人《しろうと》か)

杢之助は内心あきれた。表戸をけたたましく叩いたのでは、もし中に咎人二人が家人を人質に潜んでいたなら、家人を脅して役人を追い払う準備をさせる時間を与

えるようなものだ。それよりも壱左と伍平は、裏の板戸からさらに奥へ逃げているのだ。找す場所を間違っている。

(もう、いったい)

杢之助はさらにあきれる思いになった。町奉行所の同心が請け負《うお》った鷹屋の側でも、おなじ光景が見られた。同心がおもて通りに面した紙屋の雨戸を、口上もおなじに叩いている。

どちらの同心も、逃げる者の心理がまったく分かっていない。身なりをととのえ路銀《ろぎん》を得るために押し入るのに、わざわざ目立つおもて通りの家屋に押込む者などいない。

同心たちにあきれる材料はまだある。家の者に異常がないかどうかを探るには、まず裏庭から忍び込み、雨戸に耳をあて、そこにながれる雰囲気から感じ取る以外にない。対処はそれからである。

歩を踏みながら杢之助は翔右衛門と顔を見合わせた。探索や逃亡などと縁のない翔右衛門も、同心たちの不手際にあきれたようにうなずいていた。

木戸番小屋と向かい合った日向亭でも、屋内に灯りがあり番頭や手代が心配げにおもてに出て来ていた。木戸番小屋の前には奥の駕籠溜りの長屋から、権十や助八たちも寝間着のまま出て来ている。

うわさはもう町じゅうに広まっているのだ。

木戸番小屋の留守居には権十も助八も、

「俺たちが入りまさあ。なあ、八よ」

「そうとも。お手代さんはゆっくり寝ていてくだせえ」

口をそろえる。

翔右衛門は言った。

「いや、どんな緊急事態が起こるか分かりません。日向亭《うち》の手代も詰めさせてください。それに火盗改から急な遣《つか》いを頼まれるかも知れません。そのときのために、権十さんと助八さんもここに」

「けっ。火盗改の用なんざ聞きたくねえが。まあ、翔右衛門旦那がおっしゃるんなら、どこへでも走りやしょうかい」

権十が言ったのへ助八もうなずいていた。

これまでのやりとりを聞いていた番頭が、低い声で言った。

「こういうときこそ、ほんとうの木戸番さんの出番なんですね」

杢之助にはドキリとする言葉だ。日向亭亭主の翔右衛門だけでなく、その番頭までが杢之助を特異な木戸番人として一目《いちもく》おいているのだ。

実際、杢之助はさきほどから焦《あせ》っていた。逃走した壱左と伍平が住人に危害を加えないか……。

それを防ぐにはひと呼吸でも早く、町の探索に出たかった。火盗改と町奉行所の同心たちの、逆効果になるような探索方法を見てはなおさらだ。だが急《せ》くわけにはいかない。急いて夜の町場を音無しで一人で走ったのでは、日向亭の面々にますます、

（やはり頼りになる人）

その印象を強めかねない。

杢之助は急ぐでもなく、拍子木の紐を首にかけたまま提灯を手に、

「そんじゃあ、行ってきまさあ」

いま下って来たばかりの坂道に、ふたたび足を入れた。

すぐうしろに翔右衛門とその番頭と手代たちの目がある。気は焦っているが、急いでいずれかの枝道に踏み込むことはできない。

（さすが動きの速い木戸番さん）

と、あらためて印象を付けてはならない。

踏む一歩一歩に気が逸《はや》る。かつ、迷っている。

住人への危険性からいえば、壱左と伍平のほうが危《あや》うい。だが、知らぬ間に岡っ引ともどもに消えたというお洽も気になる。

逃走は夜とはいえ、双方とも人目につく可能性のあるおもて通りを横切ったりはしないだろう。ならば壱左と伍平は播磨屋の裏手からさらに奥へ、お洽は岡っ引と一緒かどうかは分からないが、鷹屋の裏手からさらに奥へ歩を忍ばせたはずである。つまり壱左と伍平は木戸番小屋から山門に向かって右手の町場の奥へ、お洽は左手の町場のいずれかへ紛れ込んだと思われるのだ。

（どっちを追う）

下駄の歩は右に左に揺《ゆ》らいだ。

左手の枝道に入った。お洽が潜んでいるかも知れない、鷹屋側の町場である。

（岡っ引も消えるなんざ、お洽さん、いってえどんな秘密を背負《しょ》っていなさる）

胸中に関心と疑念を滾《たぎ》らせていた。

右手からも左手からも、同心たちの声と雨戸を叩く音が聞こえてくる。

潜んでいる者たちへ、

（用心せよ）

告げているようなものだ。
李之助は灯りを手にしていても、まったく音無しの構えである。

門前町大変

一

杢之助は山門に向かって左手になる鷹屋のほうの町場に入った。

その背を木戸番小屋の前から、

(木戸番さん、頼みますよ)

日向亭翔右衛門は念じながら見ていた。

思いは一つである。

唐丸籠《とうまるかご》の一行が街道から泉岳寺門前町の通りに入って来たときは、

——なにごともなく、ともかくあしたの朝早くに発《た》って欲しい
それだけだった。

ところが火盗改も町奉行所も、そろって唐丸籠を破られ、咎人《とがにん》に縄抜けをされてしまった。なんとも前代未聞《みもん》の大失態である。

双方の同心たちは気が動顚《どうてん》してしまい、

（常軌《じょうき》を逸《いっ》している）

杢之助には思えてくる。

普段なら拍子木を打ち、火の用心の口上を唱えながら、一回目の夜まわりをしているところだ。そこを音無しの構えで、鷹屋側の町場に足を入れ、枝道から路地へと潜むようにまわっている。異常を感じる家はないか、その気配をすくい取るためだ。

いま願うところは、むろん咎人が見つけ出され早急《さっきゅう》に事件が解決されることだが、まずはその過程に町の住人が、逃亡者に危害を加えられないことである。そのために必要なのは、音無しの構えで家々をまわり、雨戸の中の気配を探り出すことだ。

ところが役人たちは、お洽が消えたのと壱左と伍平が逃走したのが双方連動してのことか、それともまったく偶然の一致か、それらを検証しないまま探索にかかってしまった。

そうした不手際への焦《あせ》りか、探索に双方とも冷静を欠いている。

音無しの構えの杢之助の耳に、まだ聞こえる。捕方《とりかた》が雨戸を叩き、同心が大声で怒鳴っている。播磨屋のある町のほうで雨戸を叩かれている家の中で、壱左と伍平が家人を集めて刃物を突き付けていたなら、二人を焦らせかえって家人たちを危険にさらすことになる。

お洽がどのような状況で岡っ引と消えたのか分からないが、このほうも雨戸を叩いて大声を入れる探索では、どんな事態を引き起こすか分からない。なおも雨戸を叩く音が聞こえてくる。夜の町に、わざわざ騒ぎを広めている。

(気がつきなせえ、お役人さんたち)

杢之助は念じた。周囲が騒然となれば、そこに得意の勘働きが効かせられなくなる。

この異常な事態に戸惑っているのは、杢之助だけではなかった。門竹庵細兵衛ら町役たちもおなじだった。町にとって、恐れていたことが発生した。

――ともかく穏便にことを収める

願いはそこに移った。

だが、役人たちは統制の乱れと焦りの産物か、双方が競うように騒ぎを広めている。どの家にも灯りがつき、泉岳寺門前町は異様な雰囲気に包まれた。

「まったく、こんな騒ぎ、なんとかしなければ」

と、門竹庵細兵衛は困惑した表情で播磨屋に足を運び、杢之助を見送ったあとの日向亭翔右衛門もそこに顔を見せ、向かいの鷹屋孫兵衛も来ていた。ほかに数人の町役の顔も見られた。ときならぬ泉岳寺門前町の町役たちの、自然発生的な寄合《よりあい》である。しかも木戸番人が火の用心にまわっている時刻だ。その拍子木の音と口上は聞こえず、聞こえるのは捕方が雨戸を叩く音と同心の怒鳴り声である。

町役たちは播磨屋の玄関を入ってすぐの部屋に、

「捕方のお人ら、やがて受けるであろう処分に怯《おび》え、同心のお方らはもう動顚されてしまっていますなあ」

「探索の方法をめぐって、お奉行所と火盗改の旦那方がいがみ合って話がつかず、結局どちらも探索していることを相手に見せつけるように、あんな派手なやり方になってしまったのでしょう」

播磨屋武吉が言ったのを鷹屋孫兵衛が引き取り、同心たちのようすを詳しく語った。

町役総代の門竹庵細兵衛がまた、

「咎人が一人でもまだ町内に潜んでいるとしたなら、あれじゃ追いつめられ住人に危害を及ぼしかねません」

懸念を吐露し、日向亭翔右衛門も、

「木戸番さん一人に探索というより探りを頼んだほうが、隠密裡に解決の糸口を見いだせるかも知れません」

忍ぶような口調で言った。

「この騒ぎでは、木戸番さんも困っていましょう」

播磨屋武吉も言う。播磨屋が武家と問題を起こしたとき、杢之助が武家屋敷の内幕を調べていざこざを解決したことがあり、武吉も杢之助の得体の知れない能力を認識している。

杢之助は困っていた。

この町の木戸番人として、町内の枝道から路地のすみずみまで、杢之助は知り尽くしている。そこへさらに、大盗白雲一味《だいとうしらくもいちみ》の副将格を張っていたころの勘がある。町奉行所や火盗改の与力や同心も及ばない、忍びの勘である。

十年以上もまえのことになるが、関東一円を荒らした大盗白雲一味は、人を殺《あや》めず家人を犯さず、一人もお縄になることはなかった。そこには副将格杢之助の用意周到さと勘働きがモノを言っていた。

月に雲がかかる薄明かりの夜に、目串《めぐし》を刺した商家の裏手の勝手口を開けて裏庭に忍び込む。裏庭から屋内に灯りがあるかどうかを確認し、灯りなしと判断すれば雨戸に耳を当て、起きている家人がいるかどうかを探る。起きている気配があれば寝静まるまでそのまま息を殺して待つ。人の動く気配がなくなったところで蔵の鍵を開け、お宝をいただいて音もなく逃走する。いつも家人が盗賊に入られたことに気がつくのは、朝になってからとなる。

入られた商家は、白雲一味を恨むことはなかった。蔵の中のお宝をごっそり持って行かれるのではなく、当面の商《あきな》いに支障を来《きた》さないだけの資金は残していくのだ。なかには白雲一味の鮮《あざ》やかな手口に感心する商家もあり、一味に入られたのは商売繁盛の証《あかし》になり、自慢する商家もあった。

だからそのつど、町奉行所も八州廻りも地団太《じだんだ》を踏んだのだった。捕えようにも人数も人相も分からず、よって杢之助が一味を崩壊させるまで、一人もお縄にすることができなかったのだ。とくに町奉行所の与力も同心も、白雲一味へのくやしさは、骨身に染み込んでいる。消滅して十数年を経たいまなお、その足跡を追っている与力や同心もいるのだ。

一味のうち、生存者は杢之助とその右腕であった清次だけである。気をつけねばならない。勘の鋭い与力や同心なら、その者に接すればにおいで以前を割り出すこともあるのだ。
いま杢之助は、泉岳寺門前町の安寧のため、そのときの真価を発揮しようとしている。

知り尽くした枝道から、ここはという民家の裏庭に入る。盗賊が入りやすい家屋は、押込む者にとっても都合のいい環境に位置している。おもて通りに面しておらず、家々の陰になり目立たない佇《たたず》まいになっている。そうした家屋は町内でも案外限定される。日向亭翔右衛門らに見送られ鷹屋のほうの枝道に入ったときから、目串を刺している家屋が数軒あった。

その一軒の裏庭に通じる路地に一歩踏み入れた。家の者が賊の人質になっていないか気配を探ろうというのだ。人質になっておれば、杢之助一人で救出するのが最もやりやすいのだが、それはできない。
（歯痒《はがゆ》いが、町役さんに知らせるだけ）

杢之助は算段している。住人の前で必殺の足技など披露できない。
白雲一味のとき、いかに場数《ばかず》を踏もうとも、家屋の裏庭に立ったとき、緊張し心ノ臓が高鳴っていた。完璧《かんぺき》な〝仕事〟をするのに、その緊張は大事だった。本来ならいまも心ノ臓が高鳴るはずである。

それがない。緊張どころか、

（まったく、もう）

と、腹立たしさを覚えた。

その家屋ではないが、すぐ近くから雨戸を激しく叩く音に混じって、

「不審な者は来ておらんか！」

同心の怒鳴る声が聞こえてくる。

通常では考えられない騒ぎだ。それが町奉行所と火盗改のいがみ合いの産物であることは、現場を見ていなくても想像できる。

（ま、その程度の同心が来ているのなら、儂《わし》としては安心できるというものだ）

思う一方、

（これじゃまともな探索は無理だ）

と、断念せざるを得なかった。

どの家もその騒ぎで起き出し、灯りまでつけている。

策を練り直さなければならない。

踏み出した足を引き、おもて通りへ向かった。

向かいの播磨屋では、町役たちが膝を交えている。

「いま木戸番さんが町場に入っております。ここに呼んで、町としての策を一緒に考えましょう。このままじゃ町内はひと晩じゅう騒ぎが絶えず、あしたどうなっているか見当もつきません」

日向亭翔右衛門が言ったのへ、

「ともかくそうしましょう。このままでは町じゅうが起き出し、住人がおもてに出て来ます」

門竹庵細兵衛が応じ、さっそく播磨屋の番頭が日向亭翔右衛門から杢之助のいそうな場所を聞き、呼びに出た。奇《く》しくも杢之助の思いと町役たちの思いが一致したのだ。播磨屋の手代はいま、火盗改の案内役として出向いている。

杢之助がおもて通りに出たのと、播磨屋の番頭が玄関から出て来たのが同時だった。

「これは木戸番さん、ちょうどようござんした」

「おっ、播磨屋の番頭さん。そちらの玄関、灯りがついておりやすが、ひょっとしたら町役さんたち、ここにお集まりで」

と、杢之助はそのまま番頭にいざなわれ、播磨屋に入った。

番頭が玄関を出るなり杢之助をともなって帰って来たものだから、

「お、木戸番さんも難儀しているようですな」

と、鷹屋孫兵衛もとっさに外の状況を察した。

話は早かった。

播磨屋の番頭が火盗改の一行を播磨屋に連れ戻し、向かいの鷹屋の番頭が町奉行所の一行を鷹屋に呼び戻す。そこで町役総代の門竹庵細兵衛が、それぞれに探索のあり方を考え直すよう要請しようというのだ。

火盗改の詰所は播磨屋に置き、町奉行所の詰所は鷹屋が引き受けることも町役たちで決めた。双方を別々に分けたのは、

(さすがは町役さんたち。よく見ておいでじゃわい)

と、杢之助は感心した。

それを決める談合に杢之助は同席したが、意見を述べることはなかった。ただ、話が進むなかに、

(これは助かる)

思った。町役たちはいずれも積極的で、真剣に町が混乱するのを心配しているのだ。なによりも詰所を播磨屋と鷹屋が引き受けたのはありがたい。壱左に伍平、それにお洽と岡っ引の足取りが判らなければ、新たに双方の与力や同心が江戸府内か

ら出張《でば》って来て、詰所がいつまで必要となるか見通しも立たないのだ。そのような状況下に木戸番小屋をつなぎの場とされたのでは、それこそ杢之助は神経をすり減らさなければならなくなるだろう。

（よかったーっ）

胸中に叫び、

「それじゃ儂は普段どおり火の用心にまわらせてもらい、木戸番小屋で待たせてもらいますじゃ。そうそう、日向亭のお手代さんに帰っていただくよう、申しておきやしょうか」

と、杢之助は日向亭翔右衛門に視線を向けた。

「ふむ、そうしてもらいましょうか」

「へい、それでは」

翔右衛門が応じ、杢之助がすかさず返して腰を上げたのがきっかけとなり、その場は動きはじめた。

二

播磨屋と鷹屋の番頭が、それぞれの相手を找《さが》すのは簡単だった。杢之助が意図していたように、夜に音無しの構えで探索していたのなら、その現場を突き止めるのに苦労するだろうが、火盗改も町奉行所の一行も派手に音と声を出している。そのほうに提灯をかざすだけだ。

「町役さんたちが探索の方法で相談があるとか。旅籠《はたご》を詰所に町ぐるみで合力したいと、はい」

番頭二人は言う。

火盗改も町奉行所の同心も、

「そうか。よかろう」

と、二つ返事で応じた。

同心たちは内心、

(こんな探索、いかん)

思い、できれば秘かに家屋の裏庭に入り込み、

（中のようすを窺《うかが》いたい。不審があれば踏み込む）

と、まっとうに考えはじめていた。

咎人たちを追いつめ、かえって危険な状況をつくりかねない探索など、早くやめて隠密の探索をおこないたかった。火盗改は町方へやっていることを見せつけねばならない。町方もまた然《しか》りである。だが、双方とも、派手な音の出る探索をやめることができなかったのだ。

そこへ投宿している旅籠の番頭が来て、

「手前どもを詰所にし、あらためて探索をされては」

と、言うのだ。

それぞれの旅籠が寝泊まりするだけではなく、吟味《ぎんみ》においても詰所になってくれれば、火盗改と町奉行所は、もう互いに顔を合わすことはない。かりにあしたの朝出立《しゅったつ》するにしても、べつべつの旅籠からたまたま同時に出たことにすればよい。

それに現在《いま》となっては、いつまで泉岳寺門前町にとどまらねばならないか分からなくなったのだ。その町の木戸番小屋を共同の詰所とするより、それぞれが投宿している旅籠が詰所とすることを承知してくれれば、これほど便利なことはない。町の案内も旅籠の番頭や手代を駆り出すことができる。一人しかいない木戸番人を取り合うより、はるかに便利で機動力も増す。

雨戸を派手に叩く音も同心の大声も、双方ほとんど同時にやんだ。多大の出費となる播磨屋と鷹屋には、町役たちがなんとか手当てをするだろう。

杢之助は坂道を下り、木戸番小屋に向かった。その一歩一歩に、

(助かったーっ)

思いが込み上げてくる。

詰所の件だ。これなら役人の数が増えても、木戸番小屋の仕事は新たな役人が来て旅籠の場所を訊かれたとき、

『へえ、この坂道の通りの中ほどで』

と、応えるだけとなったのだ。

これから泉岳寺門前町に拠点を置いた探索が幾日つづこうが、

(木戸番小屋は係り合いを持たずに済む)

そのことへの安堵は、杢之助にとっては他人の想像できないほどに大きい。役人に直《じか》に接触するか否《いな》か。それは杢之助の命運を握っていると言っても、決して過言

ではないのだ。

だが、安堵してばかりはいられない。

お洽の件だ。品川宿の問屋場でも初期的な尋問があったはずだ。なかでも浜松町で亭主の千走《ちばし》りの勘蔵を殺したあと、六郷川の渡し場で捕縛されるまでの足取りはしつこく訊かれたはずだ。泉岳寺門前町の木戸番小屋で、いくらか世話になった件を、

（お洽は話していない）

杢之助は確信している。唐丸籠が街道から木戸番小屋の前をへて、泉岳寺門前町の通りに入ったとき、役人たちは木戸番小屋に見向きもしなかった。まったくの無関心だったのだ。

木戸番小屋はいま、腰高障子を閉め、灯りがついている。日向亭の手代と権助駕籠の二人が留守居をしている。話し声が聞こえる。捕物の話をしているのだろう。いまやかなりの住人が起き出し、唐丸籠の中の三人が逃げ出し、ついていた岡っ引までいなくなったことが、うわさとなって知れわたっているのだ。

うわさのなかには、同心や捕方と斬り合いがあったなどと、尾ひれがついているのまである。夜の町々に聞こえた、雨戸をけたたましく叩く音と同心の怒鳴り声が、

それらをまた助長していた。

提灯を手にゆっくり坂道を下っていた杢之助が、木戸番小屋の前に立ったのは、遠くに聞こえる雨戸を叩く音や同心の怒鳴り声がやんだときだった。

「ご苦労さんです。あとは儂がみやすので」

言いながら腰高障子を開けた。

「おっ、木戸番さん。帰《けえ》って来たかい。あの音、いってえなんなんでえ。縄抜けした連中に、さあ逃げろって言ってるようなもんだぜ」

「まったくあいつら、ほんとうの役人かい」

権十が言ったのへ助八がつなぎ、日向亭の手代までが、

「あのお役人たち、探索の夕の字も知らないようですねえ。まあ、この町から縄抜けの咎人たちが出て行ってくれるのはありがたいのですが」

役人たちへの皮肉を込めて言った。

「あははは。ま、あのお役人たちでは、逃げた人ら、捕まらんだろう。さいわい詰所は播磨屋さんと鷹屋さんが請け負ってくだすった。番小屋《こ》はもうご用済みで、儂も出歩かなくってようなりやした。さあ、お手代さん。翔右衛門旦那が言っておいでやした。番小屋を引き揚げてよいって」

言いながらすり切れ畳に上がる杢之助と交替するように、手代は腰を上げ、

「あ、そういえば、外は静かになったようですねえ」

開いている腰高障子のすき間から外を窺い、

「雨戸を叩く音も聞こえなくなりました。これで町は静かになりましょうか。逃げたお人らも、もう町を出てくれましたかねえ」

言いながら敷居を外にまたいだ。

「そんなら八よ、俺たちも帰《けえ》らしてもらうか。ついでに町内を一巡してみるか。逃げた連中、さっきの騒音で、もうこの町にゃいねえと思うが」

「そうだなあ。お役人たち、逃げた連中を町の外へ追い出すために音を立てていたのかも知れねえ」

権十が言いながら三和土《たたき》に下りたのへ、助八も応えながらつづいた。

杢之助は三人の言葉に、

(そうだよなあ。誰でもそう感じるぜ)

思ったものである。おそらくいま町内のどの家庭でも、似たような会話が交わされていることだろう。

雨戸の音も同心たちの大声も聞こえなくなったなかに、あらためて杢之助は波の

音に包まれ、

（いけねえ。火の用心、途中から帰《けえ》って来て、まだまわっていなかった）

いまさらながらに気づき、

（事情がどうであれ、まわらぬわけにゃいかねえ）

念じ、下ろしたばかりの腰を上げた。火の用心の見まわりは、木戸番人にとって最大の役務なのだ。

ふたたび油皿の火を提灯に移し、外に出た。定刻の宵の五ツ（およそ午後八時）よりすでに小半刻《こはんとき》（およそ三十分）ほどを経ていた。

町は静かにはなっている。

だが、異なる。

この時分、本来ならどの通りも枝道も家屋の雨戸は閉じられ、灯りといえば杢之助の手にある提灯のみとなっている。裏手にまわればまだ灯りの洩れている家もあるが、静寂そのもので拍子木の音が鋭く聞こえる。

だがいま、播磨屋と鷹屋をはじめ雨戸を開け灯りの洩れている家がけっこうあり、人影まで往還に動いている。なにやら町全体がざわついているように感じられる。

それでも杢之助は、

——チョーン

拍子木をひと打ちし、

「火のーよーじん、さっしゃりましょーっ」

声を上げ、坂道のおもて通りへ踏み出した。

たちまち声がかかる。雨戸を一枚開けた筆屋の旦那だ。

「木戸番さん。お役人たち、なんだか静かになったようだが、逃げたっていう咎人たち、捕まったのかね」

「どうでやしょう。播磨屋さんも鷹屋さんも灯りはありやすが、お縄にしたのをまた引いて来たようにはみえやせんが」

「えええっ。これは気をつけなきゃ。木戸番さんも用心しなされ」

筆屋は困惑したように雨戸を閉めた。

「ああ、ありがとうよ」

杢之助は筆屋に返し、播磨屋と鷹屋のあいだにさしかかった。

播磨屋から門竹庵細兵衛が出て来た。

「ああ、木戸番さん、これからですね。お役人たちはどちらも秘かな探索に切り替え、また町中《まちなか》に入って行きましたよ。木戸番さんはその調子で、いつものように火の用心にまわってくだされ。それが町のお人らを、一番安心させることになりますから」

「へえ。儂もそう思いやして、すこし遅れやしたが、いつもどおりまわらしていただきやす」

「そうしてください」

細兵衛は言うと、一歩杢之助に近づいて声を落とした。

「もし異常に気づくことがあれば、お役人たちではなく、私らにそっと教えてください」

細兵衛の背後に、播磨屋武吉が立っており、向かいの鷹屋からは日向亭翔右衛門と鷹屋孫兵衛が出て来ていた。町役たちも、それぞれに詰める分担を決めたようだ。

――木戸番人が気づいた異常は、役人には知らせず、町で処理する
町役たちは役人たちの目を盗んで、意思の疎通を図ったようだ。

「へえ、それはもう」

杢之助は得心し、応じた。

町役たちは、自分たちの思いとお上《かみ》の目的が相反していることを、役人たちの言《げん》動《どう》から感じ取ったようだ。杢之助は解した。町役たちは、もし住人が咎人の人質に

なったなら、ともかく危害が加えられないようにすることを、第一の目的としている。咎人を取り押さえるか否《いな》かは、二の次である。

　だが役人たちの目的は、火盗改も町奉行所も、

（ともかく咎人どもに縄を打つ）

　ことしか念頭にない。もしいずれかが家人を人質に閉《と》じ籠《こ》もったなら、人質の安全よりもまず踏み込むだろう。お縄にする最も効率的な方途だが、人質には最も危険なやり方だ。

（町役の旦那方、儂もその意に沿わせてもらいやすぜ）

　杢之助は胸中に念じた。

　杢之助にとって最もやりやすいのは、異常に気づいたならそっと忍び込み、賊に必殺の足技をかけ、人質を無事に救出することだ。

　町役たちと立ち話をしながら杢之助はそれを想像し、ブルルと身を震わせた。住人の前で必殺技を披露すれば、自分の身が危うくなるのを知っている。断じて避けねばならない。

（ともかく成り行きに任せ、背後から見ている以外になにもしちゃいけねえ）

　杢之助は自分に言い聞かせた。

李之助がブルルと身を震わせたのを、細兵衛は見ていた。

「木戸番さんらしくもない。不思議な度胸のありなさることは、お絹から聞いておりますよ。ともかく平常心でいつものように火の用心にまわってくだされ」

「もちろんでさあ」

李之助の二つ返事に翔右衛門も播磨屋武吉も鷹屋孫兵衛も、うなずいていた。木戸番小屋は町役たちが運営しているのだ。

役人たちはどこをまわっているのか、なにも聞こえてこない。ようやく本来のあるべき探索に戻ったようだ。だが、町役たちは火盗改も町奉行所も、まったく信用していない。それればかりか、もし壱左と伍平、それにお治と岡っ引が、なんらかのかたちでまだ町内に潜んでいるとするなら、役人たちより李之助のほうがさきに見つけることを確信し、期待もしている。

――チョーン
李之助は拍子木をひと打ちし、

「そんなら、気をつけながら、いつもどおりまわって来まさあ。火のーよーじん、さっしゃりましょーっ」

ふたたび坂道に歩を踏み始めた。

その背を町役たちは見送り、

「あの木戸番さんがまわって気づくところがなければ、縄抜けの咎人たち、もうこの町を出ていると見なしてよろしいでしょうなあ」

「さっきまで、あれほど追い出すような音を立てていましたからなあ」

「ほんと、ほんと」

町役たちは低い声で話し合い、それぞれ左右の旅籠に引き揚げた。門竹庵細兵衛は坂上に向かって右側の播磨屋に、日向亭翔右衛門は左手の鷹屋に詰めるようになったようだ。

杢之助はおもて通りを山門前まで進んだ。

拍子木の音に、お絹が門竹庵から出て来た。雨戸を一枚開け、屋内には灯《あか》りが灯《とも》っている。

「杢之助さん。大変なことになりましたねえ。逃げた人たち、いまどこに」

「ああ、お絹さん。それは儂のほうが訊きてえ」

「そう、そうですよね。でも、杢之助さんでしたら、なんとかなるんじゃないかしら。小田原からの帰りのように」

「あれはあれでさあ。お絹さん、儂を買いかぶらねえでくだせえ」

李之助はお絹に必殺の足技を見られていないが、

（なにやら得体の知れない技《わざ》が）

と、気づかれているとの自覚はある。その意味からこの門前町で、お絹が李之助の真価を最もよく知っていることになる。それを思えば、お絹が李之助を泉岳寺門前町につなぎとめた人物であるが、その半面、お絹が李之助にとって最も危険な人物ともなるのだ。お絹と話すとき、できるだけそこに触れないようにと、李之助は常に心がけている。だが、いまはそれができない。

「儂、今夜は一人でまわるのが恐いのでさあ。すこしでもみょうな気配を感じたなら、すぐ播磨屋さんや鷹屋さんに詰めていなさる細兵衛旦那や日向亭の翔右衛門旦那に報せることになっておりやして。その分、心強《こころづ》えのでやすが」

「えっ。でも李之助さんなら……」

お絹にはこれ以上話させないほうがよい。

――チョーン
拍子木を打ち、

「ちょっくら、まわってきまさあ」

李之助はとめていた白足袋の足を動かした。

その背にお絹は言った。

「逃げた人たちのなかには、女の人もいるんですってねえ」

お洽のことだ。杢之助はピクリとして足をとめ、ふり返って言った。

「ああ、そうらしい。唐丸籠が街道からこっちの通りに入ったとき、チラと見やしたが、確かに一人は女でやした。亭主殺しとかの罪を背負っているとか」

「まあ」

うわさがほんとうらしいことに、お絹は驚いたようすになった。

「それじゃ」

杢之助はふたたび、

——チョーン
拍子木を打ち、見まわりに入った。背にお絹の視線を感じる。心配と期待の入り交じった視線であることが、杢之助には分かる。

（お絹さん。そりゃあ儂なら博奕打《ばくちう》ちの一人や二人、お絹さんたち母娘《おやこ》の命を狙った盗賊どもを始末したように、瞬時に斃《たお》してみせまさあ。しかし、衆目《しゅうもく》の前ではできねえ。あの時のことはお絹さん、どうか思い出さねえでくだせえ）

杢之助は心に念じた。

坂道を山門前まで上るのは、いつもおもて通りを一直線だが、そこからの帰りが本格的な火の用心の見まわりになる。町内の右手も左手も、あらゆる枝道から路地へと、くまなくまわるのだ。道順は頭より足が覚えている。いま杢之助の頭は、目まぐるしく回転している。お洽の件だ。

（なぜ消えた。捕まりゃあ、罪が重《おも》うなるだけだぜ）

さらに、

（岡っ引もいなくなるたあ、いってえなにがどうなっているんでえ）

壱左と伍平のときは杢之助もそこに居合わせたから、屋内でどんなやりとりがあったか、およそ想像はつく。だが、お洽と岡っ引が同時に消えたなど、推測する材料はまったく持ち合わせていない。

（その岡っ引に、木戸番小屋でしばし休息を得たことなど、話したかい）

気になる。

三

思考がそこに集中する。なにごとにも几帳面な杢之助の性質《たち》である。解明しなければ落ち着けない。
足はいつもの道順をめぐり、口上も声に出せば拍子木もいつもどおりに打ってい
る。だが脳裡は、
（お洽さん、なぜなんだ。岡っ引とどんな係り合いがあるってんだい）
それればかりがめぐっている。
いま下駄の歩を踏んでいるのは、鷹屋側の町場で、山門前の門竹庵もそのほうに
ある。
火の用心の口上を述べ、拍子木を打とうとしたときだった。
「おい、木戸番」
不意に横合いから声をかけられ、ビクリとして足をとめ、そのほうへ視線を投げ
た。なんと御用提灯に照らされた顔は、町奉行所の同心ではないか。火盗改と張り
合って音と声で探索を咎人たちに知らせてやるような同心である。火盗改たちと同
様、あまり程度の高くない御仁だ。だが、町奉行所の同心に変わりはない。警戒を
要する。
「へえ、ご苦労さんでございやす」
杢之助は腰を折り、提灯を自分の顔から遠ざけた。

ついている三人の捕方たちもいまは音無しの構えで、御用提灯を手に同心の背後に控えている。

(やはりこの同心、場慣れしていないな)

杢之助はいくらか安堵し、腰を折ったまま、

「ご苦労さんでやす。儂はこのまま、火の用心にまわらせていただきやす」

言いながらあとずさった。

一軒一軒外から屋内を窺うには、案内役の鷹屋の手代にその家の家族構成と奉公人の有無《うむ》、さらに部屋の配置を聞き、ともなっている三人の捕方のうち二人をおもてに配置し、一人を従えて裏庭にまわり、縁側の雨戸から中を探るのが常套手段である。

白雲一味のとき、調べ尽くしている商家でも、押込むときには人を要所要所に配置し、それから雨戸を音もなくこじ開けていたものである。

それなのにこの同心は、捕方も案内役の手代も自分の背後に控えさせている。見ればまだ若い同心だった。杢之助は安堵よりじれったさを感じ、探索の方途をこの新米《しんまい》の同心に教えてやりたくなった。

その思いは呑み込み、

「岡っ引の親分さんがおいでだったようでやすが、いま鷹屋さんに？」

問いを入れた。

「あ、ああ」

同心は明らかに戸惑いを見せ、

「増上寺門前の矢八《やはち》か。そ、それなりに動いておる。木戸番人がわれらの探索に口をはさむな」

怒ったような口調になった。

捕方三人も鷹屋の手代も、落ち着きを失ったようすになる。

これで判った。

(名は増上寺門前の矢八、消息はいまもつかめていない)

踏み込んで訊くのは危険だ。

「へ、へい」

杢之助はさらに腰を折ってあとずさる。

そうした木戸番人に若い同心はますます横柄になり、

「おまえ、年の功でなにか感じるものがあれば、すぐ知らせよ」

「へえ」

「この家はさっき探ったが……」

と、裏庭らしい板塀のほうへあごをしゃくり、

「家人は起きているらしく、灯りも雨戸のすき間から洩れておる。話し声も聞こえた。賊が入り込み、家の者を人質に取っている節《ふし》はない」

木戸番人の杢之助に教えるように言い、鷹屋の手代に、

「つぎの家だ。奉公人はおるか」

訊いていた。

(あたりまえではないか。さっきまでおまえさん方は町じゅうを起こしながらまわっていたんだから)

杢之助は思いながら同心一行から離れ、

——チョーン
拍子木を打った。

近辺の家屋は深夜のときならぬ騒ぎに起き出し、杢之助の拍子木の音を聞き、

(大丈夫なようだ)

と、安堵していることだろう。

杢之助は胸中に、

（これからの探索は無意味。博奕打ち二人もお洽たちも、すでに泉岳寺門前町の外に出ている）

そう思いながらも、胸中から不安は消えなかった。小笠原家の放ったあの刺客二人は、

（どうしている）

壱左と伍平の逃走に気づき、いまも追っているはずだ。

（お家の都合で、利用だけして邪魔になれば殺す。そのほうが許せやせんぜ）

杢之助は言いたかった。だがいまはそこまで手が出せない。

おもて通りを横切り、播磨屋があるほうの町場の枝道に入った。一帯は火盗改がまわっていよう。

同心二人に捕方が六人では、さすがにふた手に分かれていた。播磨屋の手代が二人出て道案内をしている。あらためて見ると、こちらも若い同心だった。さきほどとは打って変わり、音無しの探索を進めているが、やり口は町奉行所の同心とおなじで、まったく手順を解していなかった。もともと博奕打ち二人と亭主殺しの女の捕縛と護送だった。大盗賊や凶悪犯の探索ではないから、どちらもまだ経験の浅い若手の同心を出したようだ。

李之助はおもて通りを幾度か横切り、交互に町々を丹念に見まわり、木戸番小屋の前に戻って来た。そのあいだにも、

「お役人さんたち、まだ見つけておらんかね」

「物騒で眠れたものじゃない」

灯りのついている家は多く、幾人かから声をかけられた。

「木戸番さん、無理をしないで気をつけなされや」

と、いたわりの声もあった。

一回目の夜まわりとはいえ、これほど町がざわついているのは初めてだ。

木戸番小屋に戻り、一人となって波の音の中に身をゆだねた。

あしたの朝には町を出てくれる一行が、そろいもそろって失態に失態を重ねたのだ。出立《しゅったつ》には火盗改からも町奉行所からも、新たな役人が出張って来ようか。与力はむろん同心も熟練の者が岡っ引や捕方を引き連れて来るだろう。それぞれの詰所が播磨屋と鷹屋になっているとはいえ、町に役人が増えれば、木戸番小屋が局外にということは無理だ。そのなかに李之助の知っている同心や岡っ引がいたならどうなる。

(まずい)

仮病《けびょう》をつかって寝込み、人との接触を断とうかとも真剣に考えた。まったく杢之助らしくない発想だ。風の過ぎるのを待つように、寝込んで役人や岡っ引と顔を合わせずに過ごしても、つぎにはその行為を町役や町の住人たちから訝《いぶか》られ、挙《あげ》句《く》はこの町にも居づらくなるだろう。

（ならば、こちらから仕掛けて解決の道を……）

波の音のなかに、本来の杢之助の発想が芽生《めば》えてきた。

杢之助にとって最も気になるのは、お洽と岡っ引の矢八の動向である。

脳裡は、お洽との出会いの場に移っていた。

（そうかい。そうだったのかい、お洽さん。悪い料簡はいけやせんぜ）

予測を立て、思われてくる。

木戸の陰に隠れていたお洽が髷《まげ》を乱していたのは、逃走の果《はて》で仕方がない。そこは納得できる。だが手足が土にまみれ竹笹《たけざさ》を張り付かせ、着物の袖《そで》や裾《すそ》まで汚れていたのはなぜか。

（まるで竹藪の中を逃げて来たみてえだったぜ）

そこに思い及び、

「あっ」

と、声を上げ、

（なぜいままで、そこに思いが至らなかった）

自分で自分を詰《なじ》った。

着物と手足の汚れは、いま汚したばかりのように新しいものだった。洗うように杢之助が桶《おけ》に水を汲んでやったのだから、よく覚えている。

お洽が思い余って殺したのは、千走りの勘蔵である。気の利いた盗賊は、次の準備のため、また身を引いたときのため、小金を貯め込んでいるものだ。女房のお洽がそれを知らないはずがない。

杢之助は自分の身をお洽にかぶせて考えた。勘蔵を殺して逃亡したのなら、そのお宝を持って逃げたはずである。だがお洽はそれらしいものを持っていなかった。考えられることは一つしかない。お宝を持ったまま逃走することの危険を思い、江戸府外に出てからいずれかに隠した。もちろん、他人《ひと》に見つからず、あとで回収しやすい場所にである。

それはどこか。案外近いところかも知れない。あのときの手足と袖と裾の汚れ具合が、それを探る糸口になりそうだ。

（泉岳寺の裏手の竹藪）

出入りするのは、門竹庵の面々だ。竹は伐《き》っても掘り起こしたりはしない。深く埋めて竹笹をかぶせておけば、気づく者はいない。一年でも二年でも安全であろう。杢之助は思考をめぐらせ、独りうなずいた。

お洽はお宝を埋めてから泉岳寺門前町のおもて通りを下り、街道に出ようとした。そこへ火の用心の見まわりに出ていた木戸番人が戻って来た。とっさに隠れたがすぐ見つけられた。お洽は困惑したが、思いのほか話の分かる木戸番人だった。その親切を受け入れた。

辻褄《つじつま》が合う。

六郷川の渡し場でお縄になり、それが亭主殺しだとのうわさは泉岳寺門前町にもながれたが、大枚のお宝を持っていたなどの話は聞かなかった。

持っていなかったからだ。お洽は内心、ホッとしていることだろう。

そこに、〝増上寺門前の〟と二つ名をとっている岡っ引の矢八は、

（どうからんでいやがる）

考えても分からないとき、解決策を見いだすには、まず行動を起こすことだ。それも杢之助の白雲一味のとき身につけた性分《しょうぶん》である。

四

火盗改と町奉行所の同心たちは、いまも音無しの探索をつづけている。李之助は出会うのを巧《たく》みに避け、門竹庵の裏手を経て泉岳寺の竹藪に向かった。

そこに人の気配を感じた。提灯の火を消した。夜目《よめ》が利く。夜に人知れず動きを見せるのは、李之助の最も得意とするところだ。

予測は当たった。お洽の影ともう一人は男、岡っ引の矢八であろう。

李之助は逃亡する者の心理を胸に、さらに勘を働かせた。雨戸を叩き大声を出していた探索の一行に、感謝したくなった。

派手な探索が始まったのは当然、播磨屋からお洽と矢八の姿が消え、壱左と伍平が強引に逃亡してからである。そのときお洽と矢八は、泉岳寺の竹藪に来ていたと解釈できる。お宝を掘り起こすためである。

李之助は、そこに至る場面を想像した。

色恋沙汰ではあるまい。すべては欲得からであろう。

その二人の姿が、いま目の前にあるのだ。

声までは聞こえないが、

「――なんとも女の手で深く埋めやがったなあ」

矢八は言ったことだろう。

だが、埋めてから日数《ひかず》を経ていないから、掘り返しやすかった。

出てきた。

そこへ聞こえて来たのが、派手な探索の音である。

二人は顔を見合わせ、息を殺した。探索の続いているあいだ、動くわけにはいかない。

静まった。すぐに動くのは危険だ。探索が終わったのではない。自分たちはまだ捕まっていない。静かなかに、それはつづいているはずだ。木戸番人の打つ拍子木の音も聞こえてきた。

「――いましばらく、ここで待つぞ」

矢八は言ったはずだ。

「――木戸番が二回目の火の用心にまわってから、ここをそっと出よう」

そう言ったかも知れない。

逃走する者にとって、焦《あせ》りは禁物である。その意味からすれば、二人がまだ泉岳寺の竹藪にとどまっていたのは正解だった。

(さすがは岡っ引の判断だ)

李之助は影に息を殺し、感心した。

その一方、

(——矢八め、所詮《しょせん》は岡っ引か)

との思いも沸いてきた。

岡っ引とは、町奉行所の正式な奉公人でも役人でもない。もとをただせば無頼《ぶらい》の徒《と》である。博奕《ばくち》や喧嘩《けんか》、強請《ゆすり》など死罪や遠島までは行かない罪で捕まったワルのなかで、同心が、

(こやつ、使えそうだ)

と、目串を刺した者に〝この者、当方の存知よりにつき、相応に扱われたく〟と認《したた》めた手札《てふだ》をわたし、早期に釈放して私的な耳役《みみやく》に使っている者たちのことだ。

給金などはほんの小遣い程度だが、ひとたび同心からこの手札をもらえば、町では同心の分身としてふるまうことができ、けっこう実入りがあるのだ。ワルの世界はワルが一番よく知っている。同心たちは探索などでこうした耳役を重宝しているのだ。もちろん正式の役職ではないから、十手や捕縄などは持たせてもらえない。そ

れでも羽振りのいい岡っ引などは、町では〝親分〟などと呼ばれ子分として下っ引《したぴき》を従えたりしている。

李之助が〝所詮は……〟と思ったのは、そうした岡っ引の実態を知っているからだ。李之助がもしお縄になっておれば、さっそく気の利いた同心から岡っ引にと目をつけられたことだろう。いまごろ木戸番人などではなく、羽振りのいい〝親分〟として、けっこうな暮らしをしていたかも知れない。

それはともかく、矢八はお洽が千走りの勘蔵の女房であれば、そやつの隠し金を持ち出したと目をつけ、

（そこに目がくらみ、悪の道に戻ったかい）

李之助はそう解釈したのだ。

だが、

（お洽はどうして岡っ引と……）

そこが分からない。お洽を木戸番小屋に入れ、親切にしてやったとき、その身辺に岡っ引の影などまったく感じなかった。もしそのときからお洽の背景に岡っ引の影があれば、李之助が気づかないはずはない。

すぐそこに見える影には、ただ時の過ぎるのを待っているだけでなく、なにやら

言葉を交わし不自然な動きがある。

（よし、声の聞こえるところまで）

杢之助は決し、下駄の歩を竹藪に入れ、そっと近づいた。

当然ながら二人とも、あたりを憚《はばか》るような小声で話している。言い争っているような動きに見える。そこが不自然なのだ。聞き取るには、吐息を感じるほどまで近寄らねばならない。

腰を落とし、じりじりと二人に迫った。

お洽も矢八も、身近に迫る杢之助に気づかない。それほど二人は話に夢中になっている。はたして声を殺しての、言い争いだった。

聞き取れる。飛び出せば一、二歩で必殺の足技をかけられるまでに迫っている。間違いなく女はお洽で、男の声は岡っ引の矢八であろう。

その声は言っている。

「五百両もあるとは思わなかったぜ。おめえは百両を持ってどこへでも失《う》せねえ。俺は四百両いただいて、江戸を離れらあ。亭主殺しで死罪になるおめえだ。悪い話じゃねえだろう。岡っ引の俺がお目こぼししてやろうって言ってんだ。ありがたく思いねえ」

「なに言ってんだい。おまえさん、百両いただければ、それでよいと言ったじゃないか。だからあたしゃ話に乗ったのさ。さあ、その手を放してくださいな」

お洽の声だ。

ちょうど二人の応酬《やりとり》は、佳境《かきょう》に入っていた。

（そうかい。そういうことだったのかい）

さすがは杢之助か。これだけで、鷹屋に置かれた唐丸籠の内と外で、交わされた言葉の内容を覚《さと》った。

そのとき、岡っ引の矢八が一人、唐丸籠の見張りについていた。

矢八は唐丸籠の前に身をかがめ、持ちかけたはずだ。

「――おめえ、千走りの勘蔵の女房なら、くそ度胸もあるはずだ。だから殺して逃げたのだろう。褒《ほ》めてやるぜ。そのおめえがよ、手ぶらで逃げるなんざ考えられねえ。どこへ隠した」

このときもお洽はうしろ手に縛られたままで、息苦しかったことであろう。矢八は声を落とし、話をつづけた。

「同心の旦那などに白状するにゃ及ばねえ。俺もなあ、ちょいと不義理があって、増上寺門前にゃ住めなくなっておるのよ。岡っ引稼業もこのあたりにして、どこか知らねえ土地《ところ》にずらかろうと思うておったところさ。そこへちょうどおめえの探索の仕事がころがりこんできやがった。いい塩梅《あんばい》よ。勘蔵の隠し金から百両、俺によこしねえ。おめえを逃がしてやるぜ」

「——なんのことだい。勘蔵の隠し金って」

と、お洽は当初、乗らなかったろう。

だが、

「——相手が盗賊でもなあ、亭主殺しだ。罪は重いぜ。打ち首かよくて島流しだ」

考えられる。お洽の心は動いた。

「——おっしゃるとおり、百両、親分に差し上げましょう。ホントに、百両ですよ」

「——そう来なくっちゃ。さすが千走りの女房だ」

と、矢八は唐丸籠を外し、お洽の縄目を解いた。

お洽は大きく伸びをし、開放感を味わったことだろう。

すぐさま二人は鷹屋の裏手から門竹庵の工房の裏手を抜け、泉岳寺の竹藪に入ったはずだ。

「——ほう、こんな近くだったのかい」

と、矢八は驚き、喜んだことだろう。

町場では杢之助が浪人姿の刺客二人を目撃し、壱左と伍平の逃走まで目にし、さらに騒がしい探索の響きが聞こえはじめたときである。

泉岳寺の竹藪で、お洽と矢八は地面を棒切れで掘った。

出てきた。五百両とは矢八の予想を超えた額だった。せいぜい二百両をすこし超す程度と思っていたはずだ。百両でも大変な額だ。大工の十年分の稼ぎに相当する。

矢八は考えを変えた。

出てきた五百両からお洽は、

「——さあ、約束の金だよ」

百両を矢八に渡そうとする。

矢八はすでに目がくらんでいる。二百両、三百両と要求額をつり上げ、お洽はあくまで百両に抑えようとする。

町場の探索は音無しに変わっていた。

二人は時間稼ぎでは意見が一致するものの、その時間をやり過ごす意味もあり、声を抑えたヒソヒソ話のような応酬《やりとり》はつづいた。

「——護送中の縄抜けだ。役人は草の根を分けてでも探し出さあ。捕まりゃ即《そく》打ち首だ。おめえのほうが百両だ。そうすりゃあ、捕まらねえようにうまく俺が逃がしてやろうぜ」

「――ふん。もう、おまえさんの口車に乗るもんかね。捕まりゃあ、おまえさんに脅《おど》されたって、なにもかもぶちまけてやるさ。岡っ引が捕まりゃあ、牢内でなぶり殺しさね。それが嫌なら、さあ、この百両を持って、早《はよ》うどこへでも失せるんだねえ」

互いに脅し合っている。それも時間稼ぎであれば、話は小声で堂々めぐりをし、いっこうにまえへ進まない。

二人のあいだには、五百両の包みがある。大金であればあるほど、人は分け合おうという考えよりも、逆に独り占めにしたいとの欲望に支配されるものだ。まさに二人はいま、そこに嵌《はま》っている。

杢之助が忍び寄ったのは、二人の時間稼ぎの均衡が、まさに崩れかかったときだった。それは同時に、杢之助が二人のこれまでの経緯《いきさつ》を解したときでもある。

（いかん！）

その場の空気が瞬時、硬直した。

不意だった。

「この強欲女め！」

低いが、肚《はら》の底からの声だった。

矢八の身が動いた。ふところの匕首《あいくち》を抜きお洽のほうへ上体をかたむけたのだ。

応酬の終焉《しゅうえん》か、刺そうとしているのは明白だ。

「ああ、あ」

お洽は身をかわそうとした。

杢之助の身が飛び出した。一撃で相手を斃《たお》せる距離ではなかった。一歩踏み込み二歩目で左足を軸に右足が宙《こ》に弧を描き、

――バサッ
下駄をはいたままの甲が矢八の背を打った。踏み込みに二歩の距離があれば、一撃で首筋を打つことはできない。できていたなら首の骨は折れ、その衝撃で矢八は即死していただろう。小田原から泉岳寺門前町までの道中で、お絹と十二歳の娘、お静の命を狙った盗賊を葬《ほうむ》ったのは、この必殺の足技だったのだ。

「うっ」

矢八は声を落としていたながれか、にぶい声を洩らし、前面につんのめるように倒れ込んだ。

「ひーっ」

お洽もまた押し殺した悲鳴を上げた。横合いからなにやら黒い影が飛来したかと思うと、矢八の身が倒れ込んできたのだ。

それよりも、お洽の眼前に倒れ込んだ矢八の匕首の切《き》っ先《さき》が、お洽の左腕を割《さ》いていた。矢八はなにが起こって自分の身がお洽の前に倒れ込んだのか、気がついていなかったかも知れない。

お洽は左腕から血を噴きながらその場に尻もちをつき、事態が把握《はあく》できないまでも矢八が自分を殺そうとしたのを察し、尻もちをついたまま掘り起こしたばかりの拳《こぶし》の二倍か三倍もある石をつかみ上げ、

「こいつ!」

低く吐き、目の前に崩れ込んで来た矢八の後頭部をしたたかに打った。

鈍い音が立つ。

お洽の膝の前だ。矢八は顔を、掘り起こした土に埋めるかたちになり、動かなくなった。息絶えたのだ。

「あああ、なにを!」

思わず杢之助は声に出した。

お洽は顔を上げた。そこに黒い影が立っている。提灯の灯りはない。

「………!?」

にわかには影が誰であるか判らず、敵でないことだけは雰囲気から覚《さと》った。頭の上から皺《しわ》枯《が》れた声が、お洽を包むように降ってきた。

「お洽さん、聞かせてもらったぜ。してはいけねえことをしなすったなあ。いや、いまの殺しのことじゃねえ」

「そ、その声。この町の木戸番さん！」

お洽は気づき、

「ど、どうして!?」

杢之助はつづけた。

「木戸での出会いのとき、おめえさんの手足も裾《すそ》も袖《そで》も、不自然に汚れていた。そのあとの捕物騒ぎに、ここでの遁《とん》走《ずら》騒動だ。全部つなぎ合わせると、たぶんおめえさんはここだろうと踏んでな。その岡っ引との係り合いも分かったぜ」

「ううう」

お洽はその場に崩れ込んだままで、起き上がる力も失せたようだ。

杢之助もその場にしゃがみ込み、左腕の傷を手拭いで縛り、ともかく出血はとめた。傷口は小さいが深手のようだ。

縛りながら杢之助は諭《さと》すように言った。

「亭主だったとはいえ、盗《ぬす》っ人《と》の金をふところにしたんじゃ、ろくなことにはならねえ。そこにころがっている岡っ引の矢八が、いい見本だ。そやつ、死ぬべくして死んだと思いねえ」

「ううっ」

杢之助はつづけた。

「おめえさんが助かる道は、一つしかねえ。儂《わし》の言うとおりにしなせえ。この傷もうまい具合に利用できらあ」

「は、はい」

お洽はうなずいた。そのようすは矢八と相対していたときと打って変わり、しおらしかった。

五

「痛かろうが、辛抱しねえ。その傷のおかげで、おめえさん、打ち首を免れると思いねえ」

　李之助の言葉に、お洽はうなずいていた。

　お洽は五百両の包みをふところに、傷の痛さをこらえ、

「開けてくださいまし、開けてくださいまし」

　門竹庵の勝手口を叩いた。

　李之助は音無しの探索の一行と出会わないように、門竹庵への歩を枝道や路地裏に踏んだ。

　門竹庵ではお絹が驚いてまずお洽の傷の手当てをし、手代が鷹屋に走った。

　事態は急展開した。

　音無しの探索中だった町奉行所の一行は、鷹屋からの知らせを受け、押っ取り刀で門竹庵に走り、自訴《じそ》したお洽を鷹屋に引いた。自訴であり手負いでもあることから、乱暴には扱わなかった。

　ただちに鷹屋の奥の一室がお白洲になった。

　お洽は縄を打たれず、端座の姿勢で傷口をさすりながら、ホッとした表情で上座《かみざ》の同心に語った。

「岡っ引の矢八に脅《おど》されたのです。裏手の土間で誰もいなくなると、矢八はあたし

に、千走りの勘蔵の隠し金を持って逃げたはずだ。どこへ隠した。言えばおまえをここから解《と》き放《はな》してやる。言わないのなら、ここでおまえを刺し殺す、と。隠し金の在《あ》り処《か》を話して自由の身になるか、隠してここで殺されるか、返事は二つに一つだと、籠の外から脇差の切っ先をあたしの肩や胸に突きつけるのです」

同心はうなずきながら聞いていた。得心するところがあるのだ。矢八は同心の手札を背景に、日ごろから強請《ゆすり》たかりをもっぱらとし、恨みから命を狙われているとのうわさまでたっている岡っ引だった。

今回の捕物に同心が矢八をともなったのは、矢八が増上寺門前の町を縄張《なわばり》にし、殺された勘蔵も逃げたお治の顔もよく知っているからだった。

(ヤツならやりかねん。岡っ引の人選を間違《まちご》うたか)

若い同心はそのような顔つきで、お治の話を聞いている。

話はつづいた。

「あたし、増上寺門前で矢八をよく知っております。ほんとうに殺されると思い、恐怖に駆られ、しかたなく矢八の誘いに乗ったのです。隠した場所は泉岳寺の竹藪で、五百両でございました」

「ほおう」

と、その多さに同心も驚いたようだ。現物がそこにある。話に誇張も隠し立てもない。

お洽は傷口に手をあて、さらにつづけた。

「それを掘り起こしたところで、矢八は匕首《あいくち》を抜き、あたしに斬りつけてきたのです。とっさにあたしは左手で防ぎ、その場にひっくり返ってしまいました。ちょうどそこに、五百両の目印にしていた石がありました。もう夢中でした。とっさにそれをつかみ、なおもあたしを刺そうとする矢八の後頭部を思い切り打ち据えました。矢八はあたしの上に倒れかかってきたので押し戻すと、息絶えておりました。ただあたしは、防ごうとしただけなのです」

語り口調が真に迫っていた。

話す過程に、杢之助の存在はない。

実際、匕首を刺し込まれたとき、お洽は杢之助の存在に気づいていなかった。語りながら、すべて自分一人でやったように思い込んでも不思議はない。嘘《うそ》をついているという感覚はない。

相手は亭主殺しの女だ。聞いた者は同心を含め、

（やりかねん）

説得力はある。相応に手傷も負っているのだ。かなり深く、手拭いに血がにじみ出ている。

ただちに竹藪に御用提灯が出て、実地検証がおこなわれた。

お洽の言ったとおり、後頭部を打たれた矢八の死体がそこにある。石もある。着物を脱がせれば背に痣《あざ》があるだろうが、同心は後頭部の打ち傷だけで、それ以上調べる必要を感じなかった。現場の掘り起こした状況、そこで争った跡、飛び散った血痕、すべてがお洽の自白を裏付けているのだ。

門竹庵のお絹も、

「はい。この人が一人でふらつきながら、門竹庵の勝手口《うち》を叩くものですから、もう驚いて鷹屋さんに手代を走らせたのでございます」

証言する。お絹は実際、お洽が一人でやったと信じているのだ。このときお絹の胸中にも、李之助の存在はなかった。

手拭いの血の滲《にじ》みが激しくなっている。当人も痛さに顔をゆがめている。

あらためて医者が呼ばれた。

傷は深く縫い合わせる必要があった。その傷の深さが、お洽の証言が本当であることを物語っている。

ただちに一室が用意され、手術がおこなわれた。麻酔なしだ。部屋からはお洽の悲鳴が聞かれ、お絹もお洽の体を押さえつけるのを手伝った。

激痛に悲鳴を上げながらもお洽は、

(命は助かった)

思いを嚙《か》みしめていた。

同心も、手術に立ち会ったお絹や日向亭翔右衛門に、

「珍しい例になりそうだ。亭主と岡っ引を殺しているが、始末したほうがいいヤツらばかりだ。案外軽い罪になりそうだ」

と、洩らしていた。

杢之助の狙いはそこにあった。

(さあ、五百両で買う命だ。うまくやりなせえ)

お洽の背を門竹庵の裏手のほうへ押したとき、杢之助は念じていた。

手術が終わったあと、お洽はその夜、唐丸籠に入れられることはなかった。傷の手当てで一室を与えられた。

同心は捕方に言っていた。

「あしたの朝、また籠はかぶせるが、うしろ手に縛る必要はない。傷口が痛んでは

ならんからなあ」

六

杢之助はお洽の背を門竹庵のほうへ押したあと、裏手の路地を縫《ぬ》うように木戸番小屋に歩を進めた。

首に拍子木をぶら下げているが、打つわけではない。町名入りの提灯も手にしているが、火は入っていない。

(帰ったらすぐ、二回目の火の用心、まわらなきゃならねえかなあ)

歩を踏みながら思う。もうそんな時分になっていた。長年の木戸番稼業で、時ノ鐘や寺の打つ鐘に頼らずとも、体が夜まわりに出る時刻を覚えている。

(おもて通りに出たとき、鷹屋をちょいと覗《のぞ》いて、お洽が戻って来ていることに驚いてみせようかい)

などと思うほど、気分は一件落着のように爽快だった。いまごろお洽は、杢之助が言ったとおりに〝自白〟しているはずだ。

(一件落着?)

自分で念じて自分で疑問を呈した。

もう一件あるのだ。播磨屋のほうだ。

壱左と伍平は派手な探索のとき、すでに町を出たかも知れない。だが、事件としてはこのほうが、さらに大騒ぎになる可能性があるのだ。なにしろこのやくざ者二人は、鉄砲簞笥奉行の小笠原壮次郎の放った刺客に命を狙われているのだ。それを知っているのは杢之助だけで、火盗改の同心二人もまだ気づいていない。

（まったく狙った相手が無宿の博奕打ちとはいえ、武家はてめえの都合で町人の命など、へとも思っちゃいねえ。腹が立つが、狙われた壱左に伍平よ、おめえらまったく憐《あわ》れだぜ）

思いながら、駕籠溜りの奥の長屋の脇から木戸番小屋の前に出た。

（ん？）

下駄の歩をとめた。

木戸番小屋を出るとき、確かに油皿の火を消し、提灯にも火を移さず、拍子木の紐を首にかけて出たはずだ。ところが腰高障子に灯りがあるではないか。無人ではなく、人の気配も感じる。

（権十と助八？）

思ったが、駕籠溜りの長屋に灯りはない。駕籠舁きのような力仕事は、夜はぐっすり眠ってあすへの英気《えいき》を養っておかねばならない。

（ならば、誰？）

とめた下駄の歩を、ふたたび前に踏んだ。

腰高障子の中でも、足音もなく提灯の灯りも障子に映らなくとも、人が近づくのを感じ取ったか、杢之助が腰高障子を外から開けるのに合わせ、

「すまねえ。留守だったもんで、勝手に上がらせてもらってるぜ」

「おう、おめえだったかい。気になってたんだ。きょうあすにも来るはずと思うておったのよ」

実際、そう思うより、願っていた人物だった。

「俺もそう思うてな。この時刻、夜まわりでもねえのに、やはり播磨屋さんか鷹屋さんに行ってなすったかい。ご苦労さんなことで」

「いや、そのどちらでもねえ。ちょいと気になることがあってな」

愛想よく言う相手に、杢之助は事件に係り合っていることをにおわせた。

杢之助が一目《いちもく》置いている、一本立ちのながれ大工の仙蔵《せんぞう》だ。三十がらみできりりとしまった顔立ちと身のつくりは、

（ながれ大工たあ、おめえにうってつけの、いい仕事をしているじゃねえか）

口には出さないがそう思い、当人も大工はおもての稼業で、木戸番人の杢之助にそれとなく合力《ごうりき》を要請するが、裏稼業のあることを口にはしない。だが、ときおりにおわせるので、杢之助はそれがなにか見当をつけている。実際、そこに間違いはなかった。仙蔵もそれを勘づかれていることを承知で、杢之助の前に大工の道具箱を担いでよく現われるのだ。

裏に隠した稼業とは、火盗改の密偵である。杢之助が仙蔵のながれ大工を〝うってつけの、いい仕事〟と思っているのは、そのためである。

火盗改でも以前に捕えた盗賊のなかから、少なくとも殺しはやっておらず、これはと見込んだ者に罪を問わず、耳役《みみやく》として世に放っている。

出自《しゅつじ》は町方の岡っ引と似ている。だが異なるのは、岡っ引は私的に同心の配下になっているが、火盗改の密偵は、正式ではないが火盗改そのものの耳役として配置されている。岡っ引のようにその立場をおもてにし、虎の威《い》を借《か》る狐を地で行っているのではなく、身分はあくまで職人や商人なのだ。いまは夜中なので、大工の道具箱は担いでいない。

杢之助はそうした事情を知っているから、あえて以前を質《ただ》さない。だから仙蔵に

とって杢之助は、気の置けないお人となる。もちろん仙蔵も、

（この御仁、以前は飛脚というが、ただ者ではない）

と、踏んでいる。だが、それを問うことはない。

お互いに重宝な存在なのだ。

〝ちょいと気になることがあって〟と言いながら、すり切れ畳に上がってあぐらを組む杢之助を、仙蔵は腰を浮かして迎えるかたちをとり、

「やはりねえ。きょうは夕刻からこの町は大騒ぎだったようで、木戸番さんの出番も多《おお》うござんしたでしょうねえ」

と、仙蔵は杢之助の半分ほどの年齢で、所作にも言葉遣いにも長幼《ちょうよう》の礼をとっている。

（この者、手先などではなく、火盗改の本物の隠密同心ではないのか）

そう思うこともある。

「ま、きりきり舞いだった。おめえさん、知っているだろう。町奉行所の同心も火盗改も、咎人に唐丸籠から縄抜けされたって話よ」

知らないはずはない。こんな時分に来たのはそのためのはずだ。

「ああ、すげえうわさになって、大木戸の向こうにまでながれてまさあ」

仙蔵がなにを訊きに来たかは知らないが、播磨屋から逃げた相州無宿の壱左と伍平についてであることに間違いはないはずだ。杢之助もその動向を知りたい。小笠原家の放った刺客が気になるのだ。

相手から物事を聞き出すには、自分から相手の知らない情報を提供するのが必要とは、杢之助がいつも心がけていることである。

「相州無宿の壱左と伍平は博奕打ちと聞くが、町方の押さえていた亭主殺しのお洽のほうには関心はないかい」

いくらか皮肉を込め、誘い水を入れた。

乗ってきた。

「岡っ引も消えたっていうあれですかい。いってえ、どうなってんだろうねえ。町方の耳役は」

と、うわさは正確にながれているようだ。それに岡っ引といえば、拠《よ》って立つ組織は異なるが、同業のようなものだ。関心はあるようだ。お洽が手負いになってすでに一人で鷹屋に戻った話はいましがたのことであり、さすがに仙蔵も知らないだろう。

「そのお洽だがなあ、もう鷹屋に戻ってるぜ。岡っ引は死に、このほうはこれで一件落着よ」

「えっ、どういうことでえ。詳しく聞かせてくんねえ」

仙蔵はあぐら居のまま上体を前にかたむけた。

油皿の炎《ほのお》が揺れた。

「亭主殺しのお洽も、腕に刀傷を負ってなあ……」

いかにも事件があったように、杢之助は語り始めた。もちろん杢之助は鷹屋でお洽の吟味《ぎんみ》に立ち会っていない。だが、ようすは詳しく知っている。お洽の自供はすべて、杢之助の用意した内容だからだ。

話した。

「ま、岡っ引がとんでもねえ野郎で、お洽さんとやらは、脅されたというが、ちょいと欲に目がくらんだのだろうよ」

と、結論づけて話し終え、仙蔵も、

「したが、五百両を持って唐丸籠に戻ったなんざ、よくやりやしたなあ。お白洲でお奉行の心証をよくし、軽い罪でせいぜい江戸処払いくれえかなあ」

と、予想を述べる。

杢之助は大きくうなずきを見せ、

「で、二人の相州無宿のほうはおめえ、どんなうわさをつかんでいる。きょうは大木戸のほうに行ってねえから、あのあたりにながれているうわさはまだ聞いていねえのよ」

　と、小笠原家の刺客の話は知らないふうを装《よそお》った。

「そのことでさあ。武家屋敷に巣喰《すく》っていた博奕打ちが町場に逃げただけの、単純な話じゃねえようで」

　杢之助がお浴の件で詳しく語ったものだから、仙蔵も詳しく語りそうだ。杢之助は期待をもって、

「ほう。裏になにかあるのかい」

　油皿の淡い灯りのなかに、真剣な表情を見せた。

　仙蔵は語り始めた。

「赤坂の武家屋敷に賭場《とば》が立っていやしてねえ」

「そこに火盗改が踏み込んだってのは町にもながれていて、ほれ、この奥の駕籠屋たちから聞いたぜ。町場の者は珍しく火盗改に喝采《かっさい》したっていうじゃねえか」

　そのとおりで、杢之助は権助駕籠から聞いたのだ。本当のことを言っているのであり、そこに偽《いつわ》りやはったりのないことは、杢之助の口調から仙蔵は読み取って

いる。

「あはは、〝珍しく〟は余計ですぜ」

と、やはり仙蔵は火盗改をいくらか擁護《ようご》し、

「火盗改も武家屋敷でのご開帳をつかんでも、町場と違《ちご》うてなかなか踏み込まないものでやすがね。この時期に赤坂の小笠原家の屋敷に踏み込んだのには、裏の事情がありやして……」

「裏の事情？　武家地は御掟《ごじょう》に背《そむ》いていても町方は踏み込めねえから、火盗改が代わって御用提灯を入れたのじゃねえのかい」

「もちろんそれもありやすが、当主の小笠原壮次郎さまは鉄砲箪笥奉行でさあ、火盗改のいまのお頭《かしら》は、御先手組筒之頭《おさきてぐみつつのかしら》の土屋長弩さまだ。鉄砲箪笥奉行と御先手はなにかと係り合いのある役職でな」

「どちらも火薬を扱うからなあ」

「そのとおりで。そこで小笠原壮次郎と土屋長弩さまはウマが合わぬというか、気が合わぬともっぱらの評判のようで」

「それで踏み込んだかい」

「いや、まだで」

「なにが」

「小笠原壮次郎さまは火付盗賊改《あらためがた》方長官の役職を望み、幕閣《ばっかく》の方々になにかと運動され、次期長官にとほぼ決まっていたらしいのよ。ところが横合いから御先手組の土屋長弩さまが出てきて、ひょいとその役職をかっさらってしまったってことらしいので」

「ほう。その小笠原なんとかにしちゃあ、腹の虫が収まらねえだろうなあ」

「そうでさあ。それが去年のことでなあ。鉄砲箪笥奉行の小笠原壮次郎さまは新規の火盗改長官の土屋長弩さまをなにかと中傷されてなあ。御両所は城中で会われても口もきかれぬそうな」

「そうかい。それで土屋さまとやらは火盗改長官の地位を利用して、小笠原なんとかの屋敷で賭場の証拠をつかみ、踏み込んだってわけかい。踏み込まれたほうは、町場の博奕打ちを屋敷に引き入れて賭場を開かせたって落度《おちど》はあるが、いい面《つら》の皮《かわ》じゃねえか」

「いや、落度じゃござんせん。小笠原屋敷は土屋家への面当《つらあ》てのつもりで、故意に賭場をご開帳していたって評判でさあ。踏み込まれねえと高《たか》を括《くく》っていたところ、案に違って踏み込んで来たって寸法のようで」

「そりゃあ小笠原屋敷のほう、驚いたろうなあ」

「もちろんでさあ。それも土屋長弩さま直々《じきじき》の、陣頭指揮だったっていいやすからねえ」

「小笠原家のご当主、壮次郎さまといったっけ」

「そう。壮次郎さまで」

「その場でお縄にならなかったのかい」

「なりやせんでした」

「ほう。どうして。火盗改のお頭は、それをやりたかったのじゃねえのかい」

「そのとおりでさあ。ところが小笠原壮次郎さまはその場で、胴元を張っていた男とその代貸《だいがし》、中間《ちゅうげん》を、わが屋敷でかようなことをしておったか！　と、一刀両断さ。ご当主の小笠原壮次郎さまは、屋敷内での賭場の開帳を知らなかったこととして、即座に自分を被害者の立場に置きなすった。その人に縄を打てやすかい」

「打てねえ」

「そこで逃げた二人の与太を、火盗改は追っているってのが、いまの図式でさあ。それが相州無宿の壱左と伍平ということでやして」

「なるほど。壱左と伍平を捕まえて、賭場の開帳は屋敷のあるじの壮次郎さまのご要望で……と証言させ、追及の手をご当主の壮次郎さまにまで伸ばそうって魂胆《こんたん》かい」

「魂胆というより、まあ、そんな算段で」

「だから小笠原家では無宿者二人の口を封じようと、刺客《しかく》を出しなすった……と」

「えっ、さすが地元の木戸番さん。刺客の存在に気がついてなすったかい」

と、杢之助がつい言ってしまったのを、仙蔵は逃《のが》さなかった。

「い、いや。知ってるわけじゃねえ。ただ、見慣れねえ浪人風体の侍《さむれえ》を、この町内でちらほら見かけたから、ひょっとしたらと思ったまでさ」

「そのお侍、一人でやしたかい。それとも……」

「二人だ。ありゃあ殺しの玄人《くろうと》じゃねえな。うしろから見ていると、播磨屋の裏手を窺《うかが》っているのがまる分かりさ。あれじゃ火盗改のお人らも気づきなすって、警戒を厳にされようて」

「さすがでござんすねえ、木戸番さん。よく見ていなさる。火盗改の土屋家でも警戒の人数を増やしなすって、この泉岳寺門前町から高輪大木戸のほうを探索しておいでさ」

仙蔵が言ったのへ杢之助は、

（火盗改密偵のおめえも、そこに動員された口かい）

言おうとしたのを呑み込み、

「ほう、そりゃあ気がつかなかった。なにぶん儂《わし》は、この町内しかまわっておらんでなあ。で、刺客を放った小笠原家のほうでも、うまく遁走《とんずら》こいた無宿者二人、壱左と伍平とかいったなあ。その探索に人数を出しているのかい。家士や足軽、中間《ちゅうげん》などをよ」

「おそらく」

「おめえ、ながしの大工であちこちの屋敷に顔が広《ひれ》えだろう」

ながしの大工とは、親方について新規の家普請《いえぶしん》などに専念するのではなく、町をながし、軒下や縁側の修繕とか、ときには屋内に入って棚をつくるなどの、ちょっとした大工仕事をもっぱらとしている。杢之助の睨んだとおり、火盗改の密偵として実にいいおもて稼業に就いているのだ。

それを杢之助はいまも思いながら、

「その火盗改の土屋家も、賭場を屋敷で開帳していた小笠原家も、どっちもどっちで褒められたもんじゃねえが、お武家同士が儂の範囲の門前町でやりあってくれたんじゃ、えれえ迷惑だ。赤穂の四十七士にも申しわけねえ。顔の広《ひれ》えところで、知っていることがあれば教えてくんねえ。大木戸のあたりでどんなに斬り合いをしようがかまわねえが、こっちでやるのだけは勘弁してもらいてえ」

「もっともで。無宿者の壱左と伍平よ。まだ近くにいやすぜ」

「えっ。お洽の件とは事情が異なり、とっくにこの町を離れていると思ったが」

「ははは。やつら郷里《くに》は相州だ。相模なら東海道を行くはずでさあ。この泉岳寺あたりから品川まで、闇のなかに小笠原家の中間や足軽ががっちり目を光らせ、刺客の家士二人と連絡を密にしていやしょうよ」

「袋の鼠《ねずみ》かい」

「そういうことで。そこをまた火盗改の土屋家の家士や足軽、中間さんたちが、ふたたびお縄にと駈けずりまわってまさあ」

聞かされ、杢之助は緊張の色を顔に刷《は》いた。

「そりゃあ木戸番人として見逃《みのが》せねえ。もっと詳しく知ってるなら、遠慮せず教えてくんねえ」

「ああ、いいとも。あっしの知っていることは全部話しまさあ」

仙蔵も火盗改の密偵として、情報集めにこの時分を選んで杢之助を訪ねたようだ。

訊き出すには、自分のほうからも知っている情報は披露する……。杢之助とおなじ考えだ。だから二人は三十がらみと還暦《かんれき》の世代と、歳は倍ほど違うが話は合うのだろう。

仙蔵は現在《いま》の火盗改の土屋家の家士でも奉公人でもなく、火盗改の長官が代わろうが組織の専属として密偵をしているようだ。それが現在の長官の土屋家について話すときの口調からも推測できる。つまり、密偵として市井《しせい》に潜伏する熟練の耳役ということである。

(頼もしいぜ)

杢之助は警戒するより、そう思った。

その耳役の仙蔵が言う。

「小笠原家の刺客二人もその合力たちも、土屋家奉公人のにわか密偵たちも、すべての目は街道に向いてまさあ。壱左と伍平がいかに夜陰に乗じようと、この危難を抜けるのは無理だ。六郷の渡しはなおさらでさあ」

土屋家はやくざ者二人を生け捕りにしようとし、小笠原家は即座に斬り捨てようとしているのだ。逃げるやくざ者二人は、すでにそうした異なる二つの手が迫っていることに気づいているだろう。

(播磨屋でまんまと縄抜けをしたものの、いまごろ生きた心地もしていねえだろう

よ。哀《あわ》れよなあ。おとなしく裁きを受けりゃいいものを、なまじっか縄抜けなどをした天罰だぜ）

　杢之助は内心、壱左と伍平に同情している。まったく理不尽な武家の都合で、殺されようとしているのだ。

　生け捕る側の仙蔵が、

「二人の刺客は木戸番さんの予想どおり、小笠原家の腕の立つ家士で、いまごろおそらくこの界隈《かいわい》に……」

　言いかけたとき杢之助が不意に、

「いけねえ。夜まわりの時分だ」

　言うなり腰を上げ、粗末な衝立《ついたて》に提げていた拍子木の紐を首にかけ、部屋の隅に置いてある提灯を引き寄せた。

「夜まわりは五ツ（およそ午後八時）と四ツ（およそ午後十時）の二回でやしたねえ。きょうもまわりなさるか。律儀《りちぎ》な木戸番さんですぜ」

　仙蔵が言ったのへ杢之助は、

「律儀ってもんじゃねえ。これが木戸番人の仕事さね。どうでえ。おめえさん、ついて来るかい。夜まわりなどしたことねえだろう。播磨屋と鷹屋のまわりもまわるぜ。おめえさんなら、いまこの門前町をまわるだけで、得るものがあるんじゃねえのかい」

言いながら油皿の灯芯一本の灯りのなかに、仙蔵の顔を凝視した。

仙蔵は返した。

「あっしなら得るものがあるなんざ、みょうな言い方をしなさる。まあ、興味はありやすが」

「ふふ、そういうことだったかい。こんな中途半端な時分に身なりは大工職人で、そのくせ道具箱を持たずに来てさ、儂と一緒に夜の門前町を隅から隅までまわろうなんざ……と」

「ははは。木戸番さんと一緒なら、誰からも怪しまれねえ。一人この格好でまわってたんじゃ、盗賊が町の地形を調べていると思われ、番小屋《ここ》に差口《さしぐち》（通報）が入りやしょうかねえ」

「おそらく。ふふふ」

二人は顔を見合わせ、笑い合った。

仙蔵は黒っぽい股引に地味な腰切半纏を三尺帯で決めている。足元は草鞋で、実に身軽ないで立ちだ。

「手ぶらじゃなんだから、提灯でも持つかい」

「そうさせてもらいやしょう」

李之助の言ったのへ仙蔵は応じ、受け取った提灯に油皿から火を移した。

二人は外に出て、木戸番小屋の前から波の音を背に坂道を見上げた。家並みが両側に黒くながれている。

火の用心の夜まわりに、二人でまわるのは初めてだ。

ちょうど泉岳寺の打つ鐘の音が聞こえてきた。

「さすが木戸番さんだ。時間はぴたりだぜ」

仙蔵は言う。

李之助にすれば、すこし狂った。いつもならまわっている最中に泉岳寺の鐘の音を聞くのだ。それでも仙蔵に合わせ、

「ま、慣れっていうやつだ。さあ」

言うと、

――チョーン
拍子木を打った。

このとき李之助は、周囲の暗闇《くらやみ》にいくつもの目があるのを感じ取っていた。仙蔵

も同様であろう。

「さあ」

杢之助は声をかけ、

「火のーよーじん、さっしゃりましょー」

いつもの口上を唱え、歩を踏み出した。

「ふむ」

仙蔵はうなずき、提灯を足元ではなく前面にかざし、杢之助の横にならんだ。

張り詰めた気配を感じるのだ。

迷いの決断

一

拍子木を打ち、おもて通りの坂道に、杢之助は仙蔵と肩をならべ、ゆっくりと歩を踏んでいる。

(おっといけねえ)

気づいた。

二回目の夜まわりは夜四ツ(およそ午後十時)で、夕刻よりいかに泉岳寺門前町が騒然としていたとはいえ、さすがに家々の灯りは消え、町はいつもの静かさのなかに沈んでいた。

聞こえるのだ。くるぶしまで包む足袋《たび》のような甲懸《こうがけ》を履《は》き、そこに草鞋《わらじ》の紐を結んだ仙蔵の足音だ。杢之助の下駄の音は聞こえない。聞こえるのは、歯が地面にきしむ音のみである。本来の下駄の音ではない。

かえって不自然な歩き方になるが、かかとを地に引き故意に音を立てた。肩をならべているから、お互いにその姿は見えない。

　気がつかなかったのか、下駄に音のなかったことを仙蔵は訊《き》こうとしなかった。

杢之助はホッとした思いになり、

「見てみねえ。左の鷹屋は雨戸を閉め、灯りも洩れちゃいねえ。悪党の岡っ引は殺され、お洽さんとやらは自訴《じそ》して帰《けえ》って来たから、町方のお人ら、安堵してぐっすり寝ていなさるのだろう」

　足音が話題にならないように、今宵の核心に触れた。二人の足がちょうど鷹屋と播磨屋の前にさしかかったのがよかった。

　足音の極度に低い甲懸の歩を踏みながら、仙蔵は乗ってきた。というより、仙蔵は最初からこの箇所に注意を集中していたのだ。

「そのようでやすねえ。さっき木戸番さんから聞くまで、どちらもまだうごめいていると思うていやしたぜ」

「ふふふ。右手の雨戸の開いているのが播磨屋で、玄関の灯りのなかに人影は見えねえが、奥は大わらわだろうよ」

　真夜中に旅籠の玄関が開き、灯りもあるのに、暖簾《のれん》も軒提灯《のきぢょうちん》も出ていないのは、異様な光景だ。

「さあて。若い同心二人が、探索にゃ慣れていねえ六尺棒の捕方たちを動かし、小笠原家の出している刺客を押しのけ、町場の裏街道で海千山千のやくざ者二人を生け捕りにできやしょうかねえ」

「ほっ、おめえさん。まるで逃げたやくざ者二人の肩を持っているような言い方をするじゃねえか」

「そう聞こえやしたかい。やつら巷《ちまた》のうわさじゃ、小笠原家からも命を狙われているっていうじゃござんせんかい」

二人の歩はちょうど、播磨屋と鷹屋のあいだを踏んでいる。二人とも視線を播磨屋の玄関に向けた。

「生け捕りにするより、殺すほうがやりやすいからなあ」

足は二軒のあいだを過ぎた。

ふり返らず、二人ともゆっくりと歩を進めている。

「肩を持つわけじゃありやせんが、憐《あわ》れなんでさあ」

仙蔵は話をつづけた。

「ほっ、おめえもそう思うかい」

「利用するだけ利用して、都合が悪くなりゃあ消そうとする。博奕打《ばくちう》ちの肩を持つんじゃのうて、小笠原家の魂胆《こんたん》に腹が立つんでさあ」

やはり仙蔵は隠密の同心ではなく、町人上がりのようだ。武家の理不尽を嫌悪し、やくざ者といえど町人に同情している。

「儂《わし》もそう思うのさ」

杢之助は返した。

播磨屋と鷹屋のあいだに歩をとっているとき、二人は低い声を交わしていたため、数呼吸のあいだだが拍子木と火の用心の口上が絶えた。普段なら途切れることのない拍子木と火の用心の口上の間合いが、不自然に開いたのだ。

すぐ近くの商舗《みせ》の雨戸がかすかな音を立てた。

杢之助も仙蔵も気づき、そのほうに視線を向けた。灯りは洩れていない。住人の誰かが夜まわりの変化に、おもて通りになにか異常でも発生したのかと、雨戸から外を窺《うかが》ったのだろう。

住人は寝ていない。起きて警戒している。咎人の縄抜けのうわさは瞬時にながれたが、その後の経過が分からないのだ。心配のあまり、どんな変化にも敏感に反応するようだ。

「うむ」

李之助は低くうなずき、拍子木を打って、

「火のーよーじん……」

声を上げた。

さきほどの雨戸が、ふたたび忍ぶような音を立てた。閉められたようだ。住人には李之助と仙蔵が重なり、二人いることに気づかなかったようだ。

李之助は仙蔵と視線を合わせ、また拍子木を打った。

仙蔵もそうした町の緊張を感じとったか、無言のうなずきを見せた。

——チョーン
李之助はまた拍子木を打ち、火の用心の間合いはもとに戻った。

二人の足は山門前を踏んでいた。

ここで李之助はいつも、ひと息入れている。

つぎの拍子木の音まで、いくらか間合いが延びる。

仙蔵がそこに低い声を這《は》わせた。

「この奥の墓場は、あした見せてもらうとして、このあと枝道から路地裏まで、細かくまわるのでやすね」

「ああ、それが木戸番人の仕事でな。さあ」

「へえ」

杢之助が返し、門竹庵の裏手のほうへ歩を向けると、仙蔵は待っていたようについた。

誰にも怪しまれず、深夜に町内の一軒一軒を吟味《ぎんみ》するようにまわる。仙蔵は今宵、これをやりたくて泉岳寺門前町の木戸番小屋を訪ねたのだ。杢之助はそれを解し、いま一緒に町内の枝道に歩を踏んでいる。

拍子木を打ち、火の用心の口上とともに、民家の屋内を窺うように裏庭にまで入ることもあった。

「木戸番さん。毎夜、ここまでやりなさるのか」

「いや。今宵は特別だ。理由《わけ》は分かっているはずだぜ」

仙蔵が訊いたのへ、杢之助は拍子木と口上のあいだに低く返した。

「うむ」

仙蔵は得心のうなずきを返した。

家屋を一軒一軒まわっていたのでは、夜まわりの途中で日が変わってしまう。見てまわるのは奥まっていて板塀《いたべい》で裏庭が覆《おお》われ、枝道や路地に入っただけでは中が確認できない場合だけである。板塀のすき間から裏庭をのぞき、さらに周囲を一巡する。

（なるほど）

仙蔵は得心するとともに、感心した。

杢之助が丹念に調べているのは、盗賊の目で見て押込みやすい家屋だけなのだ。そうした家屋が、盗賊にとっては一番入りやすいのだ。

仙蔵は自分のことはともかく、

（この木戸番さん、以前は……）

思ったりする。だが、仙蔵はいつもそこで思考をとめる。自分の過去に関心を持たれないためには、自分も相手の以前に関心を持たないことだ。情報収集のときとおなじ発想である。

ながれ大工の仙蔵は、夜まわりにおいてはひたすら杢之助に従った。下駄の音にも気づかないのは、注意力は杢之助のほうが一枚上手《うわて》ということか。

拍子木と火の用心の口上のあいまに、幾度か物陰から自分たちを窺う目のあるのを感じた。

そのたびに杢之助は無関心を装《よそお》って拍子木を打ち、

「火のーよーじん……」

口上を唱える。

いつもの杢之助の姿だ。

(あちこちの陰からの、刺すような視線……。この人、気にならねえのか)

思いながら仙蔵は歩を合わせている。

仙蔵にはそれがやくざ者二人の命を狙う小笠原家の者か、二人を生け捕りにしようとする火盗改の手の者か、視線だけでは識別できない。

(その雰囲気を仙蔵どんは、誰かに言われて調べているのか)

杢之助は自分のすぐ横に肩をならべている仙蔵に思ったりする。そうなら、仙蔵は単なる密偵ではなく、火盗改の同輩に存在を知られず、上層部に相当信頼されている人物ということになる。

幾度か鷹屋の側の町場と播磨屋側の町場を、おもての坂道を横切って往来し、いま二人の足は播磨屋の側の町場を踏んでいる。

播磨屋の裏手をいくらか街道寄りに下り、奥まった一角《いっかく》に入った。おそらくいずれかの商家の隠宅《いんたく》であろう。小ぢんまりとして目立たない、玄関にも風格のあるたたずまいの家屋がある。

（この家、押入ってみたくなりそうだなあ）

仙蔵がそう思ったとき、李之助は手慣れた手つきで裏庭の勝手口の板戸を開け、

（入《へえ》るぞ）

仙蔵にあごで示した。まるで音無しの盗賊である。

入るとそこは、この家屋にふさわしい小ぢんまりとして手入れの行き届いた裏庭だった。すぐ目の前に雨戸がある。内側はおそらく縁側であろう。李之助はその雨戸に耳をあて、中のようすを窺った。

しばらく息を殺し、仙蔵にうなずきを見せた。賊に押入られ家人が人質のように一カ所に集められ、刃《やいば》で脅されているようすなどないことを確認した。

外に出た。

「ここは大店《おおだな》の隠居夫婦が、女中と下男をおいて暮らしている隠宅でなあ、逃亡者からも盗賊からも、最も狙われやすい一角だ。以前から儂は盗賊に気をつけているのさ」

李之助は小声で言い、歩を先に進めた。

（なんともこの町は、いい木戸番さんを置いたものよ）

仙蔵は思い、あらためて李之助に歩を合わせた。

いま夜の町場に目を光らせている、小笠原家の手の者も火盗改の者も、木戸番人が二人でまわっているのを見て、

（町役たちも警戒し、一人補佐をつけたか）

そう解釈し、奇異に思っていないだろう。

歩を進めながら、杢之助はまた低い声を、拍子木と火の用心の口上の合間《あいま》に這わせた。

「ご隠居夫婦からも、そのお店《たな》からも頼まれておってな」

「どおりで。まるで盗賊よりも鮮《あざ》やかに、庭へ入《へえ》りこみなすったもんで」

「盗賊よりも鮮やかにだと？　儂《わし》ゃ盗賊がどんなもんか、いっこうに知らんが。あはは」

「そりゃあ、あっしもで。夜中に他人《ひと》の家の裏庭へすんなり入《へえ》りなすったもんで、ふふふ」

互いに笑いを交わしたが、二人とも笑いは声だけだった。

幾度かおもて通りを渡り、怪しい雰囲気の民家はなく、この日の夜まわりを終えた。

木戸番小屋の前を経て街道に出た。

仙蔵が持った木戸番小屋の提灯が街道に出ると、沿道の近くで右にも左にも人影

が動いたようだ。

「ん？」

右に左に仙蔵は提灯をかざした。その灯りに反応する影はなかった。いずれも息を殺しているようだ。

なおもかざそうとする仙蔵に、

「よしなせえ。あの影どもの気配、いまに始まったことじゃねえだろう」

「まあ、そうだが」

仙蔵は提灯を手元に寄せた。

杢之助は街道から坂道に向かって軽く一礼し、

——チョーン
拍子木を打ち、さらに深ぶかと辞儀をしてから、木戸に手をかけた。

「ほう。木戸を動かすのは初めてだ。片方はあっしが閉めまさあ」

と、仙蔵は手伝い、

「さっき辞儀をしてから拍子木を打ちなすったのは、町にきょうの夜まわりは終わったと告げなさる、毎日の行事で？」

「まあ、それもあるが、胸中に念じているのよ。きょうも無事、一日が終わりやした。これからも、いつまでもこの町に住まわせてくだせえ……と、感謝の気持ちのつもりさ」

「さすが」

仙蔵はうなった。

二

二人は部屋に戻った。

普段ならこれで油皿の火を吹き消し、眠りにつくところだが、

「いつもはこうするのでやすね」

仙蔵は提灯の火を油皿に戻し、杢之助に向かい合ってすり切れ畳に腰を据えた。

杢之助はそれを待っていたように、

「どうでえ。木戸番人の仕事は単調なようだが、おもしれえだろう。とくに今宵、おめえさんにゃ得るところがあったんじゃねえのかい。今夜みてえに張り詰めた空気が、町に覆いかぶさっていたのは初めてだぜ」

「そうでやしょう。火の用心の見まわりも、命がけでやすねえ」

仙蔵は灯芯一本の灯りのなかに、杢之助の表情をのぞきこんだ。

その視線に杢之助は応えた。

「あちこちに光っていた目は二種類だぜ。おめえさんのことだ。気づいたろう」

「へえ、まあ……」

と、それは仙蔵にも分かっていた。だが、自分の口からは言いにくい。その片方に所属しているのだ。

杢之助が言った。

「どちらがどのくれえ、くり出しているか知らねえが、どちらも標的は一つ、壱左と伍平だ」

「そのようで」

仙蔵はあくまで土地《ところ》に潜《もぐ》った密偵で、おもての同心や捕方たちも、さらに密偵たちも、その存在を知らないようだ。

「つまり、こっちから仕掛けねえ限り、儂らに危害が及ぶことはねえ」

「そのとおりで」

仙蔵は断言するように返した。

「ともかくよ、儂はこの町で、やつらに騒ぎを起こしてもらいたくねえ」

「そりゃあ、壱左と伍平がいまどこにいるかにかかっておりやしょう」

「そういうことだ。儂はこの町の静かさを護るため、それを周囲の目よりも早く探り出してえ。もし町内か近くの町で見張っているのなら、早《はえ》えとこ、いずれかへ退散してもらわにゃならねえ。おめえさん、どうするね。播磨屋に詰めている火盗改に差口《さしぐち》（通報）するかい」

「むむっ」

仙蔵は真剣な表情でうなり、

「そのときの状況に拠りまさあ。あっしゃなにがなんでもお縄にしなきゃならねえなどと、お役人みてえに思ってるわけじゃねえ」

「ほう」

杢之助はつぎの言葉を待つように、仙蔵への視線を強めた。

仙蔵は返答に迷ったか、わずかに視線を薄明かりの宙に泳がせ、

「ま、やつら、死なきゃならねえほどのことをやったわけじゃねえ。命を狙われているのは、まったく武家屋敷の身勝手な都合でさあ」

「そのとおりだ」

杢之助はうなずき、仙蔵はつづけた。

「火盗改に捕まっても、唐丸籠に入れられ息苦しさに喘《あえ》ぎながら護送されるほどの罪人でもねえ」

「それもまた、鉄砲簞笥奉行の小笠原家と火盗改の土屋家の諍《いさか》いのせいだろうが」

「そんなところで」

仙蔵は土屋家を擁護することなく、李之助の言《げん》を肯是《こうぜ》した。

李之助は言った。

「おめえさん、話の分かるお人だぜ。どこかに差口して生け捕りにするのと、その場からいずれかへ退散させてやるのと、どっちを目論《もくろ》んでいるんでえ」

「ま、退散してもらうのが、一番穏《おだ》やかに済むんじゃねえんで？」

仙蔵の返答である。

「ふむ」

李之助はうなずいた。仙蔵は土屋家の奉公人から密偵として市井《しせい》に潜伏したのではなく、土屋家の家臣たちより経験豊富な火盗改という組織の密偵であることが、李之助の胸中でほぼ確定した。つまり、

（土屋家への忠義で）

動いているのではない。

「だったら話しやすい。こっちの門前町に壱左と伍平の痕跡《こんせき》がないとなりゃあ、となり町だ。博奕打ちの与太《よた》が立ち寄りそうな足溜《あしだま》りが一カ所あるぜ」

「賭場《とば》かい」

「いや。そうじゃねえが、まあ、それに近《ちけ》え」

「え？　となり町といやあ車町。あ、わかった。二本松《にほんまつ》一家の丑蔵《うしぞう》親方」

「図星《ずぼし》だ。知ってるのかい」

「知ってるっていうより、以前あそこで賭場が開帳されているとき、ちょいとのぞかせてもらったことがありやして。まあ、うさんくさい連中が、出入りしていやしたねえ」

「いまは違うぜ。丑蔵親方が浪打《なみうち》の仙左《せんざ》とかいう代貸を追い出し、いまじゃ町内の顔見知りだけで、行き交う銭《ぜに》も一文銭《いちもんせん》か四文銭《しもんせん》という、まったく内々《うちうち》の息抜きの場となってらあ」

「そりゃあいいことで。あの一帯は、賭場に繁盛してもらいたくねえ土地ですからねえ」

「そういうことだ」

二本松一家の親方は丑蔵といい、名のとおり牛《うし》を思わせるような、大柄な男で働き者だ。東海道を江戸に向かってながれ、高輪大木戸の手前の車町で行き倒《だお》れ、人に拾われ荷運び屋の手伝いなどをしているうちに、おなじように街道をながれて来て力尽きた者がおればねぐらも用意してやり、あすの飯を喰うぐらいの日傭取《ひようとり》の仕事も世話してやろうと、木賃宿《きちんやど》を始めた男だ。車町は町名が示すとおり、大八車《だいはちぐるま》を牛に牽《ひ》かせる運び屋が多く、日傭取の仕事には事欠かなかった。

その寝泊まりの場が自然に木賃宿になり、行き倒れのながれ者であっても、荷運び屋からは喜ばれた。その木賃宿は街道から車町の坂道を上ったところで、二本松があったことから〝二本松一家〟と呼ばれ、土地《ところ》での評判はよかった。丑蔵は〝親分〟などと呼ばせず、〝親方〟と呼ばせていた。それがまた堅気《かたぎ》の荷運び屋たちから信頼される要因の一つとなっていた。

木賃宿とはねぐらだけを提供し、あとは自炊《じすい》で幾日でも泊まれる宿屋で、行商人などがけっこう出入りしていた。

そのなかで、行き倒れて拾われ、丑蔵親方の勧《すす》めで牛馬糞《ぎゅうばふん》集めを始めた若い三人衆がいた。まだ十代の嘉助《かすけ》、耕助《こうすけ》、蓑助《みのすけ》である。

街道はもとより、車町は荷運び屋の馬や牛が多く、それだけ町の往還に牛や馬の糞《ふん》が落ちていた。それらを拾って集めるのだ。乾燥させれば燃料になる。これの販路を確定し、仕事として始めたのが、木賃宿を開くまえの丑蔵だった。

嘉助たちはかつて、行くさきざきで食い詰めて棒切れで追い払われていた。いやいやながら始めた牛馬糞集めだが、やれば町の衆から喜ばれ、いまではすっかり二本松の三人衆として近辺で重宝がられる存在となっている。

無宿者が二本松一家に逃げ込めば……。

（なぜそこがまっさきに思い浮かばなかったのだろう）

と、いま脳裡に走らせたのだ。

壱左と伍平が若い三人衆に紛《まぎ》れ込《こ》み、頬かぶりをして竹籠を背負い、挟み棒で牛馬糞を挟んでおれば、街道の窮地を脱出できるかも知れない。二人とも命がかかっているとなれば、牛馬糞集めも厭《いと》わないだろう。嘉助たちなら話を聞けば恐がるよりもおもしろがり、

（合力するはず）

瞬時に杢之助の脳裡はそこまで至った。

問題は仙蔵である。小笠原家の理不尽さを糾弾する思いと、火盗改の密偵としての役務と、どちらを優先させるか……。そのときになってみないと分からない。

一縷《いちる》の望みはある。仙蔵が壱左と伍平の罪をそう重いものと見なさず、大げさに

唐丸籠《とうまるかご》に息苦しい思いをさせられ、命まで狙われているのは、

（土屋家と小笠原家の……）

私的な確執が原因であることを認識している。そこに嫌悪感を抱《いだ》き、壱左と伍平に同情さえしている。

（さあ、ながれ大工の仙蔵どんよ、どっちへ転ぶよ）

なかば賭《か》けのように思い、

「二本松を知っているなら好都合だ。当たってみるかい」

杢之助は言った。

仙蔵は視線を杢之助に釘づけ、

「いまからですかい。さっき木戸を閉めたばかりじゃござんせんか」

「ははは。門前町と車町はとなり合わせだ。通り抜けられる脇道や路地など、いくらでもあらあ」

「なるほど」

街道沿いの町々の木戸は、町場と街道を遮断しているが、町と町の往来まで閉じる構造《こうぞう》にはできていない。

「その気になったようだな。さ、隠密行《おんみつこう》で提灯なしだ。大丈夫か」

「へえ、目はいいほうで」

杢之助ほど夜目《よめ》が利《き》くわけではないが、さすが火盗改の密偵で、夜道には慣れているようだ。

二人は同時に、

「よいしょっと」

腰を上げ、杢之助は油皿の火を吹き消した。だが、いつでも木戸番人に戻れるように、町名入りの提灯と拍子木をふところにした。木戸番人なら深夜、この身なりでどこに現われても、他人から訝《いぶか》られることなどない。

敷居を外にまたいだ。

闇のなかに、杢之助と仙蔵はうなずきを交わした。輪郭の動きと雰囲気で、双方おなじことを感じたのが分かるのだ。

(木戸を見張っている視線はない)

火の用心の夜まわりで視線を感じたのは、街道と播磨屋の周辺だけだった。

「どの道を行きやす」

「こっちだ」

仙蔵が低く言ったのへ杢之助も低く応え、向かいの日向亭の脇の路地をあごで示した。すでに木戸は閉めたので、番小屋の前から街道には出られない。

「足元に気をつけてな」

李之助は仙蔵の甲懸に草鞋を結んだ足に視線を落とした。李之助も下駄ではなく草鞋の紐をきつく結んでいる。これなら足元に音のないのへ、気を配る必要がない。

二つの影が闇のなかに立ち、黒い輪郭だけの町並みのなかに動く。

「こっちだ」

「さすが」

仙蔵はうなった。

どこに曲がり角があり、板塀がどこまでつづいているか、闇のなかで初めての者には見当がつかない。

枝道や路地で幾度か角を曲がったが、仙蔵は方向感覚を失わなかった。泉岳寺門前町の通りが街道から上り坂になっているように、車町も街道から町全体が、ゆるやかな上りの斜面になっている。昼間なら二本松一家の木賃宿は、街道からも見える二本の松が目印になる。闇のなかを二人の足は、着実にそこへ進んでいる。

街道から離れると、怪しげな視線は感じない。

黒い松の木の輪郭が、昼間見るより大きく感じる。

木賃宿は旅籠と違って自儘《じまま》に出入りできるから、玄関の雨戸は開け放されたままで、中にわずかな灯りが見える。

無宿者や博奕打ちの探索なら、まずこうした所に探りを入れるものだが、周辺に見張りがついているようすはない。火盗改も町奉行所も、この一帯の町をよく知らないようだ。火盗改の密偵と思われる仙蔵がいま、李之助にともなわれ屋内に足を入れようとしているが、これは探索ではない。……が、探索になるかも知れない。その賭けのような緊張感が、李之助の胸中に芽生えている。

「邪魔するぜ」

李之助は窺《うかが》うように低い声を入れ、一歩敷居をまたぎ、仙蔵もそれにつづいた。すぐに人の気配がした。

廊下の奥に寝泊まりできる部屋がいくつかあるが、玄関を入ってすぐ横手の部屋が、誰でも自儘に出入りできる、簡素な賭場になっている。部屋の四隅に大型の百目《ひやくめ》蠟燭《ろうそく》を煌々《こうこう》と焚《た》き、お上《かみ》の目をぬすみ熱気の渦巻《うずま》いている賭場ではない。木賃宿の泊り客や町内の荷運び人足たちがちょいと膝を合わせ、一文銭や四文銭を賭けて遊んでいる、なんとも微笑《ほほえ》ましい時間つぶしの場といったほうが当たっている。本格的な賭場への誘惑はあるが、それは親分ではなく親方の丑蔵が許さない。

かつて本格的な賭場だったとき、仙蔵は一度ようすを見に来たことがある。のぞいたのは、その一度だけだった。

灯りが洩れ、人の動く気配が感じられるのは、その部屋からだった。そこは木賃宿の玄関からも入れるし、外から縁側越しに直接出入りすることもできる。荷運び人足たちは、そのほうから自儘に出入りしている。

杢之助と仙蔵は、泊り客が出入りする玄関口のほうから賭場の板戸を開けた。上座で親方の丑蔵が張る額の行き過ぎないように睨みを利かし、嘉助ら三人衆が部屋の世話係になっている。いつもの二本松の賭場の風景である。

「みなさん、お楽しみのようで」

杢之助は板戸を開けて挨拶の言葉を入れ、職人姿の仙蔵はその横に立った。

この日も七、八人がおり、談笑のなかに、一文銭や四文銭で荷運び手伝いの手間賃程度の額がジャラジャラ動いている。この額では世間話も交えて賽《さい》の目は進み、血眼《ちまなこ》になる者はいない。

「あれ、木戸番さん。一緒にやりなさるか」

「あ、そちらの大工さん、いつも道具箱を担いで、町でときどき見るお人だ」

三人衆のなかで一番の兄貴分格の嘉助が言ったのへ、まだ十五歳と一番若い嚢助

がつなぎ、丑蔵も、

「そういえば以前、一度お越しのお人のような」

と、仙蔵に視線をながした。一度来ただけでも、顔を覚えていたようだ。

「へえ、ながしの大工《でえく》で、このあたりをよくまわっておりやすもんで」

仙蔵はぴょこりと頭を下げた。

このとき瞬時に杢之助は、この場に合わない客が二人いるのに気づいていた。

(壱左と伍平?)

唐丸籠でその顔は見ている。

仙蔵もそこに気づいたようだが、さすがは火盗改の密偵か、それを表情にも口にも出さない。だが杢之助は、

(仙蔵どんも気づいたな。知らぬふりをしているのはさすが)

思っている。

壱左と伍平には、杢之助は身なりから木戸番人と分かり、嘉助もそう呼んでいたが、この場の雰囲気からとくに警戒はしなかった。

壱左と伍平は、二本松の木賃宿の客として入り込んだようだ。唐丸籠と縄抜けのうわさは当然車町も駈けめぐっており、四十がらみで人生経験の豊富な二本松の丑

蔵が、

（そこに気づかぬはずはねえ）

　李之助は思い、

「丑蔵親方、きょうこんな時分に来たのは理由《わけ》ありでなあ。ここじゃなんだから、空いた部屋でもありゃあ、そこでちょいと話がしてえ」

「ほう、どんな話でえ。想像はつくが」

　丑蔵は大きな身であぐら居から腰を上げた。

「え、木戸番さんと丑蔵親方が、ここで話せねえことを……？」

　客の一人でいつも遊びに来ている荷運び人足の言葉で、この場の談笑していた雰囲気が途切れ、壱左と伍平がかすかに顔を見合わせた。

　この雰囲気の変化を李之助は見逃さなかった。すかさず言った。

「そちらのお客人《きゃくじん》にも話がありやす。一緒に来てくだせえ」

「え、俺たちも。なんの用なんでえ」

「ま、行ってみようじゃねえか」

　伍平が慌てたように言ったのへ、壱左がたしなめるようにつなぎ、盆茣蓙《ぼんござ》の仲間たちに、

「勝ち逃げするんじゃありやせん。すぐに戻って来まさあ」

挨拶を入れ、腰を上げた。

大柄の丑蔵は表情をいくらか硬くし、

「ま、となり町の木戸番さんの話だ。悪いことじゃあるめえよ」

表情が強張《こわば》っている。木戸番人を役人の手先のように思い込んでいるのだ。実際に木戸番人は、町々の町役を通じて町奉行所の差配を受けている。

もちろん壱左もそれを知らないはずはない。内心緊張しているが、別室に行くのを断れば騒ぎになると判断したようだ。

座はなにやらぎこちない雰囲気に包まれた。

杢之助が気を利かせて言った。

「すぐ戻って来て、儂も仲間に入れさせてもらいましょうかい。さあ、おめえさんら。丁半、つづけてくだせえ」

「そうしていてくんな」

「へえ」

二本松の丑蔵が杢之助の言葉につづけ、三人衆の嘉助が応じ、座の緊張はかなり薄らいだようだ。

壱左と伍平は、ここで慌てて逃げれば、騒ぎになると判断したのだ。李之助が壱左と伍平にも声をかけたのは、別室で二本松の丑蔵と話しているあいだに、逃げる者の心理として、危険を感じて遁走《とんそう》しかねないと予期したからだった。

いま二本松の木賃宿から夜の町場に飛び出せば、たちまち火盗改の同心たちに取り押さえられるか、小笠原家の手の者に殺されるかのどちらかだろう。火盗改に取り押さえられ播磨屋に連れ戻されても、壱左と伍平は小笠原家の刺客に狙われつづけるだろう。

それを李之助は懸念している。理不尽な武家の都合で命を狙われたり、唐丸籠に入れられたりと、同情の念が李之助の胸中で強くなってきているのだ。

混乱している。ながれ大工と名乗ったあと、無言を通している職人姿の仙蔵がどう出るか……。李之助の意に沿ってくれるか、それとも火盗改の密偵であるほうを優先し、ここでひと悶着《もんちゃく》起こすか、李之助はそれへの確たる判断がまだできていないのだ。

三

「おう、おめえたち。すぐ戻って来るから、お客さんたちの面倒、粗相《そそう》のねえようにな」

「へえ、そりゃあもう」

親方の丑蔵が若い三人衆に言ったのへ嘉助が返し、客で荷運び人足の一人が、

「また親方、面倒見がいいからねえ」

頼もしそうに言う。

賭場はしばし丁半が中断した。いつものことだ。そこは賭場というより町内の人足や行商人らの自然の集まりの場といったほうがふさわしいか。世間話のなかにサイコロが動き、小銭が動いているといった風情だ。荷運び屋の親方たちも、

「二本松があいった場を置いていてくれて、人足たちがほかの町へ行って悪い遊びに引っかかるのを防いでくれている。ありがてえことだぜ」

などと言っている。

賭場はしばし、雑談の場となった。

客の行商人が言った。

「唐丸籠を破ったって人ら、まだ捕まっていないといいますが、さっきの二人、ありゃあ堅気じゃないみたいですぜ」

亭主殺しの女が悪徳の岡っ引を殺し鷹屋に戻って自訴した話は、播磨屋のほうの町場にはまだ伝わっていない。

「えっ、まさかあの二人が？　そんなふうにゃ見えんかったが」

荷運び人足が言う。

もう一人の人足が、

「こんな時分に門前町の木戸番が来たってのは、どうも気にならあ。丑蔵親方はなにか知っていなさるんじゃねえかい。おめえら、なにか聞いちゃいねえかい」

「ふらりと来なすった、ただのお客人で、なにも聞いちゃおりやせんが。なあ」

嘉助が三人を代表して言い、耕助と蓑助はうなずきを見せた。

相州無宿の二人の素性は、まだ露顕《ばれ》ていないようだ。三人衆のようすからも、丑蔵が口止めしているのではなさそうだ。

部屋ではひとしきり二人組が話題になり、

「さあ、つぎは誰が壺を振る」

と、ふたたびサイコロが動き始めた。

ながれ大工の仙蔵については、界隈《かいわい》で道具箱を担いで歩いている姿をよく見かけるせいか、なんの関心も集めていなかった。これが本来あるべき、密偵の姿と言えようか。

(仙蔵どん。おめえさん、大《て》え《え》した役者《やくしゃ》だぜ。敵にゃまわしたくねえ)

思いながら李之助は、廊下に出た大柄の丑蔵につづいた。仙蔵もつづき、そこに壱左と伍平がつながった。

手燭《てしょく》を手に、廊下に悠然と歩を踏む丑蔵につづき、

(おめえさんのことだ。この二人の素性、端《はな》から見抜いていなさるね。そんなに落ち着いて、逃がしてやるつもりかい)

李之助はその広い背に思った。

うしろから、緊張を秘めた壱左と伍平の息遣いを感じる。二人とも手燭を手にしている。蓑助が気を利かせて用意したのだ。

(まだ読めねえ。すぐそこにいる、仙蔵どんの胸の内よ)

廊下をほんの数歩踏むだけのあいだだが、李之助の脳裡は激しく回転していた。

不安だ。いま二本松の薄暗い廊下に歩を置いている面々は、それぞれに異なる思い

を胸に秘めているはずだ。まだ確たる方策が決まっていないのは、杢之助だけかも知れない。決まっているのはただ一つ、

（この界隈で、騒ぎを起こしてもらっちゃ困る）

この一点に尽きる。

車町で壱左と伍平の大捕物がおこなわれれば、泉岳寺門前町にも波及するのは必至だ。火盗改も町奉行所も木戸番小屋に詰所を置いていないとはいえ、木戸番人の杢之助もなんらかの補佐役に駆り出されることは、……あり得る。

手燭を手にしている丑蔵が、わずかに首をふり返らせ、

「ここなら、いま空いてまさあ」

太い声で言い、目の前の板戸を開けた。

玄関を入ってすぐの部屋だった。

「さあてと、門前町の木戸番さん。この顔ぶれで、どんな話がありなさるんで」

六畳の間だった。木戸番小屋とおなじだが、こちらのほうが衝立など立てていないぶん、広く感じる。言いながら丑蔵は腰を下ろして手燭を畳の上に置いた。覆《おお》いを取れば油皿の灯りとなる。それを前に丑蔵はあぐらを組み、杢之助たちにも腰を下ろすように手で示した。

仙蔵は視線を天井《てんじょう》や壁にながし、

「ほう。あらためて見ると、外観は質素でも頑丈《がんじょう》な造《つく》りでござんすなあ。こういう仕事なら、あっしもやってみてえ」

片方の障子戸を開ければそこは濡《ぬ》れ縁《えん》になって、往還からも出入りができる造作《ぞうさく》だ。雨戸の向こうは往還に通じ、風情はないが実務的な間取りだ。

壱左と伍平も手燭を畳に置き、仙蔵の言葉に合わせて首をぐるりとまわした。

(廊下側の板塀を突き破れば玄関、もう一方の障子の外は濡れ縁か)

脳裡にめぐらしているのかも知れない。杢之助にはそう見えた。やくざ者で相州無宿の二人は、その濡れ縁への障子を背にしている。

(二人が動いたとき、その横に座を取っている仙蔵はどう動く)

また脳裡をめぐる。

それよりもいまは、

(丑蔵どんの胸の内だ)

それを知るために、壱左も伍平も指名し、この場を設《もう》けたのだ。

一同は三つの油皿の炎《ほのお》を囲み、あぐら居の円陣を組んでいる。

杢之助が口を開いた。

「ほかでもねえ。儂はおとなりの門前町の木戸番人だ。唐丸籠が町に入《へえ》るとき、中のお人の顔をじっくり見させてもらった」

「うっ」

「そうでしたかい」

伍平はうめき、壱左は落ち着いた口調で返した。

仙蔵は予想外の杢之助の話の進め方に、驚くとともに緊張を覚えた。

丑蔵はなおも悠然として姿勢を崩さず、

「門前町の木戸番さんがこの二人を指名するから、そんなところだと思ったぜ」

壱左と伍平はあぐら居のまま身構えた。すでに素性は露顕《ばれ》ていたのだ。丑蔵も堅気ではなさそうな客二人の素性を、すでに見抜いていた。それを丑蔵は火盗改の詰所になっている播磨屋に差口《さしぐち》することなく、賭場で遊ばせていたのだ。

杢之助はそこから丑蔵の意志をほぼ解した。

「親方さん」

壱左が低く声に出し、丑蔵の顔を見つめた。

部屋には緊張が張り詰めた。

仙蔵は、これから起こるかも知れない変事に備えたか、かすかに腰を浮かした。

それぞれがひと呼吸を入れ、李之助が口を開いた。

「壱左どんに伍平どん」

と、二人の名を口にし、

「おめえさんら、うまく唐丸籠を破ったようだが、いま置かれている立場、分かってるのかい」

壱左も伍平も、まだ門前町の木戸番人の胸中を計《はか》りかねているようだ。

座のまんなかに三本も炎が揺らいでいるから、それぞれの表情がよく読み取れる。

李之助はやくざ者二人の表情から、二本松《ここ》が騒ぎの場になることはないと読み取った。仙蔵の表情からも険《けわ》しさが失せたようだ。

李之助は返事をうながすように、壱左と伍平へ交互に視線をながした。

壱左がこの場の雰囲気を覚《さと》ったか、とうとう喋《しゃべ》り始めた。鬱積《うっせき》したものがあったのだろう。

「理不尽な話ですぜ。あんたら、うわさを聞いてあらましは知っていなさろう。赤坂の武家屋敷の賭場が、そもそもの発端《ほったん》でさあ。鉄砲箪笥奉行の小笠原家のお屋敷さ。そこへなんとも驚くじゃありやせんか、火盗改が踏み込んで来やがった。またまた驚きよ。ご当主の小笠原壮次郎が、火盗改の目の前で胴元《どうもと》と代貸《だいがし》、中間を一刀両断さね。それでなんとぬかしやがった。屋敷で賭場を開帳していたなんぞ知らなんだ。不届《ふとど》き至極《しごく》ゆえ、ここに成敗《せいばい》した……とよ。人を殺して身の保全を図《はか》りやがったのよ。俺たちゃ無宿人の壺振《つぼふ》りでよ、どうにでも始末できらあ。ともかく逃げたわさ。賭場の開帳は、小笠原家から頼まれてやってたんだぜ。それなのに、それなのに」

伍平が激しくうなずきを入れる。

「おめえら、おのれが分かっているようだな」

言ったのは二本松の丑蔵だった。

(ほっ、二本松の。おめえさんもそう感じているのかい)

杢之助は安堵に似たものを感じた。

二本松の丑蔵は高輪大木戸からながれてくるうわさを的確につかみ、全容を把握しているようだ。そこへ唐丸籠を破った二人が転がり込んで来た。

杢之助がそうではないかと睨み、この時分に二本松に訪《おとな》いを入れたのは大正解だった。丑蔵は壱左の話を引き取って言った。

「小笠原家じゃ、逃げた二人の口を封じようと、いろいろと手を尽くしている。そう、理不尽な話さ。俺はなあ、おめえさんらがきょう、木賃宿《きちんやど》に転がり込んで来たときから、これがいま手配中の無宿の二人かとすぐに分かったぜ。ははは、いかに堅気のなかに入《へえ》っても、やくざに染まったにおいは、消せねえもんさ」

ひと息入れ、

「いまおめえさんら二人、ここを出りゃあ火盗改に捕まるか、小笠原家の手の者に殺されるかだ。火盗改に捕まってまた唐丸籠に入れられても、小笠原家の殺し屋はあきらめねえだろう。唐丸籠のまま、きょうあすにも息の根をとめられようぜ」

「おそらく。いや、必ず」

思わず杢之助は言った。杢之助も、そう思っているのだ。真夜中に二本松を訪れたのは、そのように丑蔵の胸中を推測したからでもあった。

「おっ、木戸番さんもやっぱり」

日ごろの杢之助の言動《げんどう》から、丑蔵まで思わず口に出した。

自身の確たる策もないまま二本松を訪れたのは、そうした雰囲気を求めてのことだったかも知れない。その雰囲気を得れば、おのずと策も決まってくる。

壱左が杢之助と丑蔵に探るような視線を向け、

「門前町の木戸番さんも二本松の親方さんも、俺たちを忌《い》み嫌《きら》わず、いまの境遇、分かってくださるんですかい」

「分かるも分からねえも、木戸番人として近辺で起こったことは、できるだけ詳しく知っていなきゃ、適切な仕事ができねえ。二本松に来りゃあ分かることもあろうかと思い、来てみたら図星だったぜ」

李之助は言う。

「門前町の木戸番さん、俺をそうみていてくだすったかい。嬉しいぜ」

丑蔵が返したのへ、李之助はさらに念を押すように言った。

「それで二本松の、この事態、どう幕を引きなさる」

その胸の内は、

(合力《ごうりき》させてもらうぜ)

李之助の意志はここに定まった。同時にそれは、当初から漠然《ばくぜん》とだが求めていたことでもあった。

丑蔵は明言した。

「二本松の敷居をまたぎ、外へ出れば殺されると分かっている者を、それではと追い出せるかい」

「できねえ」

李之助は返し、ちらと仙蔵のほうへ目をやった。ここに至り、二本松が李之助の合力を得て動き出すか、あるいはここが騒ぎの場となるか、いまは仙蔵の胸ひとつにかかっている。

「おほん」

仙蔵は腰切半纏《こしきりばんてん》の襟《えり》を引いて咳払《せきばら》いをし、杢之助の視線に応えた。

「ご当人たちのめえでやすが、このままでいたんじゃ、早晩《そうばん》ここが嗅《か》ぎつけられ、火盗改か小笠原の手の者が打込んで来やすぜ」

「そう」

仙蔵の言葉に杢之助は思わずひと膝まえにすり出た。仙蔵は火盗改の密偵の役務より、町人の、しかも義に篤《あつ》い職人気質《かたぎ》を優先させたようだ。

(巷間《こうかん》にあって、こうした人物こそ密偵としての大仕事ができるのじゃねえか)

転瞬《てんしゅん》、杢之助の脳裡を走り、肩をブルルと震わせた。その内心の動きを、仙蔵にも丑蔵にも覚られた気配はなかった。

「おめえさまがた、いってえ……」

「木戸番さんまで含めて、この町は!」

壱左が声に出したのへ、伍平がつないだ。

大柄の丑蔵が言う。

「ははは。ここは荷運び屋の集まった車町だが、泉岳寺さんのご門前のようなもんだ。いつも義を通しなすった四十七士の目が光ってらあ」

「はあ？」

泉岳寺の門前に近いことに違いはないが、話にいきなり出て、伍平がつい頓狂《とんきょう》な声を上げた。やくざな無宿者として丁半に明け暮れていた渡世《とせい》に、四十七士の忠義はおよそ無縁だったのだろう。

「つまりだ、この土地に巣喰《すく》うわしらも、義に生きてえってことさ。ともかく理不尽に命を狙われている人を見れば、放《ほう》っちゃおけねえってことさ。それがたとえ日陰者の渡世人であってもなあ」

「俺たちゃ、日陰者の渡世人に違《ちげ》えありやせんが、シャバのお人にそう言ってもらえるなんざ、ありがてえことで」

「そう、そのとおりで」

また壱左が言ったのへ伍平がつないだ。

その横で杢之助は、

（これで役者も舞台もそろった）

確信し、言った。

「勝負はあしたの朝までに、どう動くかで決まる。夜が明けりゃ、火盗改も小笠原家の刺客も、この町で二本松《ここ》にまだ手を入れていねえことに気づこうよ」

「わしらだけじゃ、にっちもさっちもいかねえ。恩に着やすぜ」

「まったくで。いいところへ逃げ込ませてもらいやした」

壱左と伍平は手を合わせた。本心からの所作だった。

杢之助はそれを見ながら、そっと仙蔵に念を押した。

「いいのだな」

「そういうながれになりやしたようで」

仙蔵は低く返した。仙蔵もまた、杢之助と同様、どこに軸足を置くべきか決めていなかったようだ。

板戸の向こうに足音が聞こえた。

「親方」

嘉助の声だ。

「親方たち、すぐ戻るとおっしゃったのに、どなたもなかなか戻っちゃおいでじゃねえ。心配《しんぺえ》でちょいと見に来やした。なんなら、お茶でも淹《い》れやすかい」

言いながら嘉助は板戸を開け、

「えっ、どうしやしたので？」

部屋の張り詰めた空気に、思わず敷居の上に足をとめた。

部屋の面々はいま、夜明けまでに壱左と伍平の二人を、この界隈から逃がす算段に入っていたのだ。

「ちょうどいい。おめえたちにもちょいと働いてもらうからなあ」

「だから、その、なにを？」

丑蔵が野太い声で言ったのへ、嘉助は首をかしげた。

四

いずれもが真剣な表情だ。

淹れられた熱いお茶にひと息入れ、ふたたび膝を寄せ合った。

嘉助は玄関横の開帳の部屋に戻ると、

「親方から皆さんへ、あの泊り客のお二方《ふたかた》が、木戸番さんになにやら話があるとかで。長引くので皆さん、適当な時分に引き揚げてくだせえ、と」

まだいた一同に告げた。少人数で賭ける額も些少《さしょう》で、いつでもひと区切りつけられる。

嘉助はさらに言った。

「そうそう。丑蔵親方からでやすが、あのお二方、どんな事情か知りやせんが、他人《ひと》からなにを訊《き》かれても、そんな二人組、いたことも気がつきやせんでした、と応《こた》えておいてくだせえ、と」

「おう、そうかい。なにやらわけありと思ったぜ。心得た」

常連の気のよさそうな荷運び人足が返し、ほかの者もうなずいた。これであしたあたりになろうか、火盗改や小笠原家の者が二本松に聞き込みを入れても、壱左と伍平の足取りはつかめないだろう。

件《くだん》の部屋ではちょうど灯りが消され、濡れ縁の雨戸がそっと開けられ、夜目の利く李之助が外を窺った。

「大丈夫《でえじょうぶ》だ。行きやすぜ」

玄関から持って来た草鞋をそっと下に置き、足にきつく結んだ。大柄の丑蔵に職人姿の仙蔵、単《ひとえ》を着ながし尻端折をした壱左と伍平もそれにつづいた。李之助が来るときは仙蔵と二人だったが、いまは五人と倍以上に増えている。どんなに身をかがめ音無しの構えで歩を進めても、心得のある者が近くにおれば、見えなくとも気配の異様さを感じ取るだろう。

いま町中《まちなか》には火盗改や刺客の手の者が、競い合うように潜んでいるのだ。いずれも神経を尖《とが》らせているだろう。そのなかを行く。細心の注意を払い、気配を最小限に抑えなければならない。

「それじゃ、見失わず、尾《つ》いて来なせえ」

灯りがなく一番大きな影になりそうな丑蔵が縁側から腰を上げ、物陰に隠れるように暗い往還に踏み出した。二間《にけん》（およそ三米《メートル》）ほどの間を開け、壱左が目をこすり、つづいた。夜の町並みに人の気配を分散するには、これが限界だ。これ以上間合いを開けたのでは、互いに見失ってしまう。

つぎに、

「よし、見失わぬように」

と、壱左が伍平に声をかけ、夜の町並みに踏み出した。伍平はまた二間ほどの間隔を取って最後尾についた。

仙蔵の提案で、順番は杢之助が決めた。

壱左と伍平は、丑蔵と杢之助、さらに仙蔵にも、

「——ほんとに、お世話になりやす」

「——この恩、忘れやせん」

感謝の気持ちとともに、また両手を合わせた。

李之助はそのような壱左と伍平に言っていた。

「——誤解しちゃいけねえぜ。博奕打ちのおめえらを助《す》けるんじゃねえ。小笠原家がおめえらに賭場《とば》を開帳させ、都合が悪《わる》うなりゃあ殺そうとする。そんな武家の身勝手な理不尽さが許せねえのよ。それに町衆の命を鳥の羽根くれえにしか思っちゃいねえ。そんな傲慢《ごうまん》さに一矢報《いっしむく》いるためさ」

丑蔵も言った。

「——そのとおりだ。おめえら江戸を出りゃあ、郷里《くに》の相模に飛ぶつもりだろう」

「——へえ」

「——まあ」

「——武家《ぶけ》は執念深えぜ。小笠原家の刺客は、おめえらをまた江戸で見かけりゃ、きっと無礼打《ぶれいう》ちを仕掛けるぜ」

「——ううっ」

壱左がうめき声を上げた。考えられるのだ。

丑蔵は野太い声でつづけた。

「――おめえら、江戸処払いになったと思うて、この街道を二度と戻って来るんじゃねえぞ」

「――そ、そりゃあもう」

こんどは伍平が言い、壱左がうなずきを入れた。

そのまえに、どうやって危険な街道をやり過ごすか。

丑蔵はこの車町で、日傭取《ひようとり》の荷運び人足や漁師の手伝いをよく手配しており、荷運び屋にも漁師にも顔が広い。そこで考えた。

高輪大木戸あたりから車町、泉岳寺門前町をへて品川あたりまで、街道は海岸に沿っている。波打ち際《ぎわ》をすこし離れると草むらが多く、夜なら容易に身を隠せる。火盗改も小笠原家の者も、壱左と伍平がまだこの界隈を離れていない感触はつかんでいる。ならばこの狭い範囲に、集中的に目が光っているはずだ。二人はもう、街道をへて品川を過ぎ、川崎はおろか六郷川までさえ行くことは不可能なのだ。

丑蔵の案は、車町の男気《おとこぎ》のある漁師に釣り舟を出してもらい、品川沖まで二人を運んでもらうというものだった。夜の海は危険なうえ、唐丸籠破りの二人を乗せるのだから、手間賃など相当かかるだろう。

「――なあに、俺がなんとかすらあ」

丑蔵は言い、もちろん壱左と伍平もかなりの金子《きんす》を出す。品川沖までは、杢之助も舟に乗って無事の脱出を見届けることになった。

ながれ大工の仙蔵は、一行を見送ったあと来た道を返し、門前町の木戸番小屋に戻り、留守居をしながら杢之助の帰りを待つことになった。仙蔵も品川までつき合い、脱出を見届けたかった。だが、小さな舟に漁師を入れ五人も乗るのは危険この上なく、これには丑蔵も反対した。

なによりも杢之助にとっては、もし小笠原家の刺客や火盗改と渡り合うことになれば、

（必殺の足技を、仙蔵どんに見せるわけにゃいかねえ）

と、絶対的な理由があった。

最後尾の伍平のうしろ影が闇に見えなくなると、

「さて」

と、仙蔵は甲懸に草鞋の足を、暗い町場に向けた。

一行も、丑蔵が道を選んだか、監視の目に遭遇することなく、海岸近くの漁師の家にたどり着いた。杢之助もよく知っている、気風《きっぷ》のいい漁師だ。

「すまねえ、こんな時分に五人もつながって来てよ」

大柄の丑蔵は身を小さくし、いますぐ人を品川まで運んでもらいたいと用件を切り出した。

もちろん漁師も昼間から夜にかけての騒ぎは知っている。壱左と伍平を見て、

「まさか、唐丸籠の⁉」

驚きの声を上げた。

「そこは訊かねえでくんねえ」

丑蔵は頭を下げた。となり町の木戸番人も一緒に乗ることから、

(ご掟法《じょうほう》に背《そむ》くが、悪事をするのじゃなさそうだ)

と、丑蔵の見込んだ漁師は解釈し、釣り舟を出してくれることになった。

五

舟に関しては断然漁師のほうが詳しい。杢之助も丑蔵も漁《りょう》の経験はなく、壱左と伍平も海や川には素人《しろうと》だった。

夜陰に乗じて、そっと舟を出してもらおうというのだ。

「そんなこと、とんでもねえ」

漁師は言う。

この時分に沖に出て漁火《いさりび》を焚《た》き、夜明けまえに帰って来る漁もあり、珍しいことではなかった。いまも沖に幾艘《いくそう》か出ている。

だが、夜に舟を出すのに灯りがないなど、

「岩場に衝突し、みんなそろって海に投げ出されまさあ」

言われればそのとおりだ。海岸で灯りなしは、提灯なしの陸《おか》より危険だ。

李之助はまず灯りなしで周囲に気配がないかを探り、

「よし」

うなずき、漁火用の松明《たいまつ》を手に街道を横切り、浜辺に出た。

丑蔵も見送りに出た。

「早《はよ》う」

李之助は壱左と伍平を急《せ》かし、波打ち際に出ると漁師に言われたとおり舳先《へさき》に乗り、前面に松明の火をかざした。漁師は艫《とも》に乗って櫓《ろ》を握る。壱左と伍平は漁師の差配で脛《すね》まで海水に浸《つ》かって両脇から舟を沖に押し、

「ようし、乗りなせえっ」

漁師の声に、

「へいっ」

かけ声とともに舟にしがみつくように乗った。二人は陸では見られないほどに従順だった。舟は順調に波を切りはじめた。舳先で松明をかざす杢之助と、艫で櫓をあやつる漁師に挟《はさ》まれるかたちで、おとなしく乗っている。

舟は順調に進み、二人はもう江戸を出たかのように安堵感に包まれた。漁師の舟で江戸を出るなど、丑蔵に言われるまで思いも及ばなかった。

「一刻《いっとき》（およそ二時間）も揺られりゃあ、もう品川沖だ」

見送った丑蔵は言っていた。

杢之助は浜に出るときから、松明を手にしているため、念のため手拭いで深く頬かぶりをし、顔を隠していた。

「間違いない。壱左と伍平だ」

「舟とは考えおったな」

海岸の草むらに、ささやく声が聞かれた。

小笠原家の刺客二人だ。

杢之助が暗い街道に立ち、あたりに気を配ったのとほんのひと呼吸の差だった。暗いなかに人の影を感じ取れる範囲に、動く気配が入って来た。

「おっ」

と、その影は足を止め、身をかがめた。

影は二つだった。

火盗改は泉岳寺門前町の播磨屋を詰所にし、町奉行所はその向かいの鷹屋に拠点を置いている。小笠原家は高輪大木戸の広小路に面した、葦簀《よしず》張りの茶店を一軒、日切りで借り切り、深夜となった。壱左と伍平探索の詰所にしているのだ。刺客二人が奥に控え、町人姿を扮《こしら》えた小笠原家の中間《ちゅうげん》や足軽が、時を分かたず出入りしている。いずれも壱左と伍平の顔を知っており、見つけしだい浪人風体を扮えた刺客二人に、その所在を知らせる手筈《てはず》になっている。

この日の夜、刺客二人は、

「――ここで報告を待って凝《じ》っとしていても埒《らち》が明かん。やつらが追っ手を恐れ、動くとすれば今宵か」

「――おそらく。まず品川に入り、未明《みめい》に渡し場を経ず六郷川を渡り、夜明けまえに川崎宿に紛れ込めば、もう找《さが》し出すのは困難だぞ」

話し合い、

「――俺たちの気配を覚《さと》られぬよう中間も足軽もつれず、品川宿の手前に張るか」

「――ふむ、よかろう」

と、二人は話をまとめ、街道に出た。

灯りを持たず、車町の街道を用心深く進んでいるときだった。

町場から海岸に街道を横切る人影があった。数が多く、しかも大柄の影もある。

二人は素早く身をかがめ、目を凝《こ》らした。

一人が燃える松明を持ち、大柄の男は提灯を手にしている。顔まで見える。

「あれは！」

「間違いない。壱左に伍平だ」

「よし」

「待て。影は五人。まずい。しばらくようすを見よう」

刺客二人は冷静だった。

五つの影は波打ち際に足を浸け、松明の男と船頭らしいのが舟に乗り、壱左と伍平がそれを両脇から海に押し、舟に這《は》い上がった。波打ち際で提灯を手にしている大柄の男は見送りか、舟が揺らいだのを確認すると町場に引き返した。

「あの二人め。舟でこの街道を避けるとは、考えおったな」

「漁師の釣り舟だ。そう沖には出られまい。せいぜい海岸線に沿って品川あたりまでだろう。それだけでも俺たちゃ火盗改の目を逃れるのにはじゅうぶんだ。陸《おか》に上がったところで襲うか」

「心得た」

刺客二人は腰を上げた。

他の漁火の舟は、夜の海であればかなり沖合に出ているように見える。目指す舟は、海岸線近くを品川方面に向かっている。漁に出たのでないことは明白だ。陸からなら尾《つ》けやすい。少々声を出しても気づかれることはない。

「海岸を船足《ふなあし》に合わせて尾行など、初めてだなあ」

「品川の海岸に上がり、二人だけになってくれればいいのだが」

「さよう。さあ討ってくれと言っているようなもんだからなあ」

刺客二人は足元に気を遣《つか》い、すぐ近くを進む舟に歩を合わせた。

舟では船頭が、

「木戸番さん、慣れねえだろうが、波間に岩などが飛び出ていねえか、よく見ていてくだせえ」

「見ておる。大丈夫なようだ」

李之助は返し、

「ありがてえ、ありがてえ」

「なんと礼を言ってよいやら」

壱左と伍平はやくざ者らしからず、まったく従順になっている。二人はもう、無事に江戸を離れたような気になっているようだ。


舳先で松明を手に身を乗り出し、岩場を見つけては声に出し、船頭に伝えるのはけっこう神経を遣う。なにぶん自分を含め四人の命がかかっているのだ。最初は李之助ひとりだったが、壱左と伍平が自分たちから言ってすでに幾度か交代している。

漕ぎ手は船頭一人で船足は鈍《にぶ》い。

一方、刺客ふたりからすれば、陸地で並行しやすい。海岸に足場がなくしばし見失っても、すぐに海岸線に戻れば、舟は近くを進んでいて、四人乗りの小舟はすぐに見つかる。

「岩にぶつからず、事故なく進むんだぜ」

舟の者が言えば、陸でも言っている。

「そう、転覆でもしたら、広い範囲に土左衛門《どざえもん》を探して死を確認するなんざ、俺たちで殺《や》るより手間がかかるからなあ」

余裕のある会話を交わし、見守るように歩を踏んでいる。

舟では李之助が、

「六郷川は渡し場からかなり上流に歩を取れば、浅瀬がいっぺえあって簡単に歩いて渡れるところが、けっこうあらあ。渡し場で舟を待って御用になるなど、もうしまいよ」

助言したのにも、壱左と伍平は、

「そうさせてもらいやさあ」

「木戸番さんが精通していなさるのは、門前町の町場だけじゃねえんでやすね」

と、しおらしく返していた。

陸地に尾けている影があるなど、舟からは見えない。さらに話し声など、互いに波音に消されている。

無宿者で博奕打ちの壱左が遠慮気味に言った。

「木戸番さん。あっしゃあ、木戸番人への見方を改めやしたぜ。あっしらにわざわざ係《かか》り合《お》うて、ご法度《はっと》を犯しなすっておいでだ。あっしらより数倍、肚《はら》が据《す》わってござる」

「そう、そのとおり」

おなじ無宿者の伍平が相槌《あいづち》を打つ。いま舳先で伍平が松明を手に、前方を照らしている。

壱左はつづけた。

「以前はなにをしておいでで？」

杢之助が最も訊かれたくない問いである。

艫《とも》の船頭が、櫓を動かしながら応えた。

「あはは。おめえさんら、よそ者だから知らねえのも無理はねえ」

やはり二本松の丑蔵が目串を刺した漁師だ。

「えっ？　なにかあるんですかい」

「なにかなんていうもんじゃねえが、東海道を駈《か》ける三度笠《さんどがさ》の飛脚をなすっていて、この街道だけじゃのうて、全国の街道を股《また》にかけていなすったのさ。もの知りで義理堅い木戸番さんさね」

「ふむ」

壱左は〝義理堅い〟というところにうなずき、

「元飛脚？　それだけですかい。木戸番人になられるめえの渡世《とせい》は？」

壱左は杢之助の生活《たっき》を問うのに、あえて〝渡世〟と表現した。とうてい堅気の仕事とは思えなかったのだ。

「ふふふ、壱左どんよ」

杢之助は返した。

「へえ」

壱左はまるで杢之助の配下に入ったような返事をした。

杢之助はつづけた。

「さっきも言うたはずだぜ。儂も二本松のお人も、おめえらみてえな吝《けち》ながれ者を助《す》けてるんじゃねえって。おめえら、唐丸籠に入れられたり命を狙われたりするほどの罪は犯しちゃいねえ。それでおめえらを理不尽に追いかけまわしている、火盗改の土屋長弩《おさど》と、鉄砲箪笥奉行の小笠原壮次郎の鼻を、明かしてやりてえと思っただけさ」

「そう、理不尽、理不尽でさあ。あっしら小笠原家に頼まれて、賭場を開帳しただけでさあ」

松明をかざしている伍平が言い、壱左が大きくうなずいた。

李之助はこれ以上、自分の以前に関わる話はしたくなかった。

「木戸番さん、それにそちらのお二人さん。岸の方をご覧なせえ。ところどころに灯りが見えやしょう。あれが品川の町場でさあ」

船頭が助け船を出してくれた。

予期したとおり、舟は一刻（およそ二時間）ほどで、街道沿いの海岸を離れ、品川宿の町並みがながれる海岸に入っていた。

昼間なら釣り舟用の舟寄せ場が随所にあり、岩場や砂地も見えるはずだ。暗くても、一つ二つと見える常夜灯《じょうやとう》の灯りから、船頭にはそれがどこかおよその見当がつくようだ。

すかさず李之助が応えた。

「さあ、壱左どん、伍平どん。このあたりに上がりゃあ、追っ手の影はねえ。あとは明るくならねえうちに、六郷川の上流に向かいねえ」

「そのつもりでやすが、船頭さん。このまま六郷川の河口まで行き、向こう岸のほうへ着けられやせんかね」

誰もが考えることだ。品川から六郷川の河口まではまだかなりの距離があるが、それができればもう川崎に上陸することになる。

岸辺から舟の松明を追っている刺客二名は、それを恐れている。六郷川の河口を向こう岸まで行かれれば、そこに橋はなく、この時分舟もない。松明の灯りを目で追っても、まんまと逃げられることになる。

「六郷川の河口まで、まだかなりあるはずだ。この品川のどこかへ着けてくれ」

刺客の一人が声に出して念じれば、もう一人も、

「船頭は一人のようだ。疲れて河口を横切るのは危ねえぜ」

呼びかけるように声に出した。

そのとおりだった。

舟の上でも船頭が言っていた。

「そうして差し上げられりゃあいいんでやすが、大きな川の河口付近は流れがいつも変わり、岩場も多く、昼間でも細心の注意が必要でやしてね。そこを夜に渡るなんざ、転覆しに行くようなもんでさあ」

「そうか。なら、仕方ねえ。品川の町場が途切れたあたりに着けてくんねえ」

「へいっ」

返事は明快だった。

こんな時分、町場で常夜灯のあるところに舟を着け、漁ではないとひと目で分か

逃避行《とうひこう》は、る者が舟から降りて来たりすれば、それだけで騒ぎになるかも知れない。陸《おか》では、あくまで音無しでなければならないのだ。

「おっ、舟が向きを変え、岸辺に近づくぞ」

「そのようだ。あの舳先の松明よ、よく燃えていい目印になってくれるぜ」

「まったく」

二人の刺客は話している。

町場を過ぎたわけではない。品川宿がいかに東海道最初の宿場といえど、海岸線に町場や常夜灯が途切れることなくつづいているわけではない。民家の途切れた岩場や砂地もある。そうした箇所は無人で暗く、打ち寄せる波ばかりの場となっている。そうした一カ所に、舳先が向いている。さすがに船頭は疲れたようすだ。杢之助が声をかけた。

「儂らを降ろしたあと、どうしなさる」

「ああ、さっき過ぎてきた常夜灯のところが、小づくりの舟寄せ場になってるんでねえ。そこまで引き返し、休みがてら東の空が明かるうなるのを待ち、車町に帰《けえ》りまさあ」

「ありがとうよ。二本松のお人に、助かったと言っておいてくんねえ」

李之助の言葉に伍平がつづけた。

「ほんとに助かりやした。いつか日をあらため、お礼がてら挨拶に来させてもらいまさあ」

「こら、伍平どん」

李之助が言った。

「おめえら二人、火盗改の土屋家と鉄砲簞笥奉行の小笠原家に狙われているんだぜ。江戸処払いも同然だ。相模から死にに戻って来るかい」

「あ、いけねえ。そう、そうだったなあ」

「まっこと二本松の親方さんに門前町の木戸番さん、それに車町の船頭さんにゃ、言葉では言い尽くせねえほど世話になりやした。もう会うこともござんせんでしょうが、この恩、終生忘れやせん」

壱左が伍平の言葉を修正するように言った。

陸では、

「いよいよ舟を捨てるようだ。ようすを見て、向こうの人数が減ったところで襲うぞ」

「承知。船頭はいなくなるだろうが、一緒にいる頬かぶりの野郎、腕が立つのかどうか、気になるなあ」

「刀を帯びていねえ。丸腰だ」

二人は小笠原家の家士であり、泉岳寺門前町には馴染《なじ》みがない。だから頬かぶりの男が木戸番人とは気がつかなかった。

「ならば素人《しろうと》。壱左も伍平もやくざのけんか剣法程度だ。三人まとめて葬《ほうむ》ろう」

「よし」

小笠原家の刺客二人は、舟が岸辺に着くのを待った。

六

松明の灯りが目立つ。暗く何も見えない砂浜に近づく。

船頭が言う。

「船底《ふなぞこ》が、砂を咬《か》んだところで降りてくだせえ。松明は舳先に立てておいてくだせえ。そう、そこに結びつけて」

伍平が松明を燃えているまま、舳先に縛り付けた。

船底が砂を咬んだようだ。

「着きやした」

船頭の言葉に、杢之助が還暦《かんれき》に近いとは思えない身のこなしで海面に水音を立てた。脛《すね》よりすこし深いようだ。

「おおう、木戸番さん。鮮《あざ》やか」

壱左が言って飛び降り、伍平もつづき、

「さあ、軽うなりやしたろう」

と、舟を沖のほうへ押した。

実際、軽くなっている。見る見る松明の火は遠ざかり、見えなくなった。

「さあ、儂は街道まで見送ろう。そこからおめえさんら、渡し場に出てひたすら上流に向かいなせえ」

言いながら杢之助はふところに提灯と拍子木のあるのを確かめた。

「ともかく水から上がろう」

「夜の海は冷てえ」

壱左と伍平が言い、三人はそろって岸辺に向かって水音を立てた。

砂浜というより、すぐ草地になっていた。

警戒していなければ気配も感じ取れないのか、五間（およそ九米）ほど離れたところに、刺客二人が殺気を含んで身をかがめている。

三人は闇のなかの影になっている。その雰囲気に合わせ、声はさきほどの舟のときとは変わり、闇に沈めるようになっていた。

「ともかく街道に出るぞ。儂はそこから東へ、泉岳寺のほうへ向かう。おめえらは西だ。鈴ケ森の仕置場の前を通るが、あそこで首をさらされたくなかったら、まあ永久《とわ》の処払いと思うて、二度と江戸へ足を向けぬことだ」

李之助が言ったのへ、

「そうさせてもらいまさあ。江戸の武家の身勝手にもあきれやした」

「火盗改だって、私的に動いているからなあ。笑わせまさあ」

壱左と伍平が交互に言う。

闇のなかに身を置いた刺客二人は、

（聞こえぬ。なにを話していやがる）

めぐって来た機会に苛立《いらだ》っているようだが、息は合っている。

（三人が動いたとき、飛び出して斬り込み、瞬時に斃《たお》す）

どちらがどの影を斃すか、決めていない。

壱左と伍平については、二人ともよく知っている。腕のほどは所詮《しょせん》、やくざ者のけんか剣法程度だ。一撃で斃せる。頰かぶりの男も、松明の灯りのなかで見たが、舟から水面に飛び降りたのが、身軽で壱左や伍平とおなじ二十代なかばで、

（身のこなしはあなどれない）

だが、丸腰だった。

ともかく、

（斃す）

のである。

動いた。

「行こうか」

杢之助が壱左と伍平をうながしたのだ。

黒い影三つが街道のほうへ踏み出した。

「行くぞ！」

「おおおっ」

刺客の二つの影も、動いたというより躍動した。

「な、なに！」

「いってえ？」

さすがに無宿渡世でけんか慣れしている壱左と伍平か、ふところの匕首《あいくち》に手をかけ、声のほうに向かって身構えた。だが、けんか剣法の匕首では、小笠原壮次郎から刺客に選ばれた武士二人の敵ではない。迫る二つの影は抜刀《ばっとう》している。壱左と伍平は即座に両断されるだろう。

杢之助は、

（ぬぬ！）

受ける殺気から、

（刺客!? 見張られていたか）

とっさに解し、白足袋に草鞋の足で声のほうへ一歩踏み出し、腰を落とした。影の躍動の起点が五間（およそ九米）も先だったことが、杢之助に余裕を与えた。影は二つ、まったく同時に襲い掛かって来ているわけではない。片方が半歩先に出ている。そのほうに向かって、

「よっ」

抜き身の刀をかわすように軽く横に跳《と》び、その動きをとめないまま、

「たーっ」

左足を軸に右足の甲を宙に舞わせた。互いに見えるのは動く黒い影のみである。およその狙いしか定められない。宙に弧《こ》を描いた杢之助の右足の甲は、半歩前に迫る刀の腕に、

――グキッ

鈍い音を立てた。

腕の骨を砕いたか。折れないまでも、強い衝撃を影に与えた。

感触があった。

「うぐっ」

影のうめき声とともに、草むらに刀の落ちる音が聞こえた。

(なにが!?)

半歩遅れていた影に、相方《あいかた》の崩れた雰囲気が伝搬《でんぱん》する。

杢之助の思惑どおりだ。迫って来る影の勢いが揺《ゆ》らぎ、刀の切《き》っ先《さき》が躊躇《ちゅうちょ》するように乱れた。

杢之助はすでに右足を草地に戻し、ふたたび左足を軸に第二弾をくり出そうとしている。勢いが揺らいでも、影はすでに杢之助の立ち位置を過ぎ、風を切っている。

抜き身の匕首を手に身構える影二つに向かっているが、いずれの影に刀の切っ先を

浴びせるか、その目標も失っている。はじめから定めていなかった。

だが壱左と伍平にすれば、抜き身の大刀が向かって来るのだ。

「おおおおっ」

「あわわわわっ」

匕首を構えたまままたじろいだ。

李之助の右足が宙へ舞うまえに、甲は大刀を持った影の脛《すね》を打った。場所が場所だけに必殺にはならなかった。それでも、

「うわっ」

影は両膝を草地に突き、刀を握ったまま両手も草地に突いた。四《よ》つん這《ば》いになっては、最初の戦意は霧消している。

李之助の身は腰を落としたまま、とまどう壱左と伍平を背に、すでに戦意をなくした二つの影に向かい合っている。四つん這いの影はなんとか立ち上がったが、膝小僧の具合が狂ったか砕けたか、まっすぐには立てなかった。腰を曲げ、前かがみでへっぴり腰になっている。

腕に足技を見舞われた最初の刺客は、まだ刀を落としたまま、片方の手で打たれた腕をさするように押さえている。骨にヒビが入ったのかも知れない。そのような

感触だった。もし間合いが五間もなく、三間か二間くらいで、右足の甲が首筋に入っていたなら、刺客は確実に首の骨を砕かれ、立ったまま即死していただろう。

刺客であっても悪党ではない相手を、殺さずに済んだのは、杢之助にとっても幸《さいわ》いだった。

刺客二人にとって、頬かぶりのまま対峙《たいじ》している人物は、松明の火のなかに見たとおり、〝若い身のこなし〟との先入観もあり、ときおり見かけた門前町の木戸番人にまったく重ねていなかった。

「何者!」

腕を押さえた刺客が言う。

「こっちが訊きてえ。おめえさんがた、どこから儂らに気づいていなすった」

腕を押さえているほうが応えた。

「車町の街道だ。あれだけの人数でひとかたまりになっていたんじゃ、見えなくても気配は感じるぜ。しかも一人は大男じゃった」

「舟を出すところも?」

「ああ。松明を煌々と燃やし、いい目印をつくってくれたものよ。おかげで品川《ここ》まで見失わず、追って来られたわ」

聞きながら、杢之助も壱左と伍平も、

(迂闊《うかつ》だった)

思わざるを得なかった。

それに、

(この二人、すでに士気を失《うしの》うているが)

感じ取っている。

それもそのはずだった。一人は落とした刀を拾えないほど、腕に深い衝撃を受けており、もう一人はへっぴり腰のままで、しばらくは歩行さえ困難かも知れないのだ。頬かぶりの男と標的だった壱左と伍平が逆に襲って来ないかと、そのほうを心配しなければならない状況になっているのだ。

逆襲よりも、壱左と伍平は抜き身の匕首を構えたまま、突然の状況逆転に声もなくしている。

暗いなかに、確かに抜刀した二つの影が突進して来た。そこへ飛翔したのは、間違いなく木戸番人の杢之助だった。その影が正月の独楽《こま》のように回転したのも、二人の目は確かに捉《とら》えた。つぎの刹那《せつな》には刀を持った影の動きがとまり、殺気も緊迫感も失せていたのだ。

これが昼間の明るいなかなら、李之助の動きは、目で追えたかも知れない。だが、いかに至近距離であっても、顔の輪郭は見えても目鼻の造作《ぞうさく》までは確認できないほどの暗さである。ただ、壱左と伍平には声もない。

李之助は言った。

「おめえさんら、小笠原家のお人とお見受けいたしやす」

「いかにも」

腰を曲げて立っているほうが、つい正直に答えた。腕を押さえているほうも、それをたしなめなかった。

李之助はつづけた。

「儂らはおめえさんらに、なんの恨みもねえ。ただし、あるじの小笠原壮次郎は、首をへし折ってやりてえぜ」

さらに言う。

「理不尽に命を狙われた町人二人は今宵江戸を離れ、二度と戻って来ねえ。小笠原壮次郎に言っておきねえ。この二人を狙う必要は、もうのうなるはず、と」

刺客二人は、無言でうなずいているようだった。

「さあ、行くぜ。街道はこの先すぐだ。ここからなら、六郷川もそう遠くはねえ」

「うう」

「……………」

壱左と伍平にまだ声はない。街道のほうへ向かう杢之助に、無言でつづいた。

刺客二人も、まだなにがどうなったか理解できていない。

その影も闇に消えた。腰をまだ曲げているほうが言った。

「あの頬かぶり、いったい何者。声から察すると、思うたほど若くはないぞ」

「いや、若《わこ》うても、声の嗄《か》れている者はおる」

腕を押さえているほうが返した。

それが門前町の木戸番人とは、とうとう気づかなかったようだ。提灯を手に、下駄を履き、拍子木の紐を首にかけていたなら、あるいは気づいたかも知れない。だが、足は草鞋履きで、提灯も拍子木もふところだった。

七

街道はもうすぐだ。闇に歩を踏み、壱左はようやく肚《はら》から声を絞り出した。

「木戸番さん、あんた、いってえ……」

李之助の恐れていた問いだ。必殺にはならなかったものの、見せてはならない足技を見せてしまったのだ。

返した。

「言ったろう。おめえら二人、永久《とわ》の江戸処払いだってよ」

「へ、へえ」

返事は伍平だった。

李之助の低い声はつづいた。

「死ぬまで相模にひっこんでいろい。江戸へ舞い戻って来た日にゃ、おめえらの命を狙うのは、小笠原家と土屋家だけじゃねえ。泉岳寺門前町の前《めえ》も、無事に通れると思うな」

「木戸番さん！」

壱左が頬かぶりの中をのぞき込もうとしたが、李之助は無言で顔を背《そむ》け、

「それが気に入らねえのよ」

「へ、へえ」

「わ、分かりやした」

壱左の返事に、伍平がつづけた。

（きょう見たこと、他言《たごん》するな）

李之助は言っているのだ。

三人の足は街道を踏んだ。

李之助は江戸へ向かい、二人は川崎の方向へ歩を向けた。

ふり返った。闇のなかに互いの影はすぐ見えなくなった。

李之助は胸中につぶやいた。

（おめえら、処払いはほんものだぜ。帰《けえ》って来《こ》られたんじゃ、儂が困るのよ）

壱左も伍平も、他人《ひと》に話したくても、闇のなかの素早い動きがなんだったのか、はっきり分かっていないのだ。そこに李之助は、ひとまず安堵を得ていた。

品川の色街で提灯に火をもらい、李之助が急ぎ足で泉岳寺門前町に帰り着いたのは、明け方に近い時分だった。仙蔵と一緒に木戸番小屋を出たのは、木戸を閉めてからだった。閉まっていても、駕籠溜りの長屋の脇にするっと入るすき間がある。木戸番小屋に灯りがある。留守居に入った仙蔵はまだ起きて待っていた。

李之助は、

「壱左と伍平は、刺客の手を振り切って六郷川を越えたようだ」

予想できる結果だけを話した。

「ほう、それはよかった」

仙蔵は言ったものだった。火盗改の密偵であれば、他方面からも小笠原家が相州無宿の二人を取逃がしたうわさは耳にしようが、そのときのようすは掌握《しょうあく》できないだろう。そのために杢之助は仙蔵を、木戸番小屋の留守居に配置したのだ。仙蔵も過程はしつこくは訊かず、早々に引き揚げた。そこに杢之助がなんらかの手を下したことは感じ取っている。杢之助がそれを語らないことも心得ている。結果を早く知りたく、いままで起きて待っていたのだ。仙蔵は田町《たまち》か三田《みた》の寺町《てらまち》のいずれかに、ねぐらを置いているようだ。

赤坂に戻った刺客二人は、小笠原壮次郎に報告していた。

――品川宿まで追いつめるも、相州から仲間らしき者が加勢に来て、夜分であることから取逃がし、品川から西に追い出したることに相違なし。二人がふたたび江戸に舞い戻ることはないものと確信する
杢之助はふたたび木戸番小屋で一人となったが、ぐっすりと寝ることはできなかった。仮眠だった。すこし寝るともう夜明けだったのだ。

いつもどおり日の出まえに開く木戸に、納豆売りや豆腐屋、八百屋などいつもの

朝の棒手振《ぼてふり》たちが威勢のいい声で入って来る。

「おうおう、きょうもみんな、稼いでいきなせえ」

李之助も声をかける。

李之助がこうも変わりなく元気であれば、どの顔も昨夜、となりの車町から品川にかけて異変のあったことに、まったく気がつかない。

泉岳寺門前町の通りにひとしきり朝の喧騒がつづいたあと、嘉助と耕助、蓑助の二本松の若い衆三人が、竹籠を背負い挟み棒を手に、街道を通りかかった。足は品川のほうに向いている。

「おうおう、おめえたち。朝も早うからいつもの高輪大木戸じゃのうて、品川の掃除かい」

「へえ。親方から品川でなにか変わった騒動がなかったかどうか、訊いてこいって言われやしてね」

李之助が声をかけたのへ嘉助が返してきた。

「品川？　また、どうして」

李之助はとぼけた。

「さあ、なんでやしょうねえ」

耕助が言う。蓑助も首をかしげていた。

「なんかあったら、儂にも話してくんねえな」

杢之助は返した。おそらく話は、酔っ払い同士のけんかか、女郎の取り合いの諍《いさか》いの類《たぐい》しかないだろう。

権助駕籠が駕籠溜りから出て来た。三人衆とのやりとりが耳に入ったか、

「ほっ、俺たちもきょう、品川に呼ばれているのよ」

「またお大尽《だいじん》に乗ってもらい、いい仕事が出来そうだ」

権十が威勢よく言ったのへ、助八がつなぎ、三人衆を追い越して行った。

もうすぐ焼継屋の六郎太が来るだろうが、話すほどの話題はないだろう。すべては未明に終わり、誰にも見られていないのだ。

すぐだった。

唐丸籠が坂道を下りてきた。一挺だった。

鷹屋に陣取っていた町奉行所の一行だ。悠然と歩を踏んでいる。ようやく火盗改と別行動が取れたのだ。

駕籠の中はもちろんお洽だ。髷は結い直し、手はうしろ手に縛られているもののかたちばかりで、縄目はきわめてゆるやかそうだった。

うつむいている。杢之助は胸中に声をかけた。

(相州無宿の二人は、やむなく逃がしたが、おめえさんはこれでいいのだ。そう長くはねえ。しばらくの辛抱で、出てきたらもう悪い欲など出さず、地道に長生きしなせえ)

伝わったか、お洽は顔を上げた。だが、杢之助と視線を合わすことはなかった。

杢之助を護っているのかも知れない。

一行は街道に出ると、高輪大木戸のほうへ向かった。

播磨屋に陣取っている火盗改は動いていない。品川での一件が、まだ伝わって来ていないのだ。

「木戸番さーん。熱いお茶でもどうですか」

日向亭のお千佳の声に、

「ああ、あとでまた寄らせてもらわあ」

返し、すり切れ畳の上に戻った。独《ひと》り波の音のなかに身を置く。

お洽の件も壱左と伍平の処置も、

(これしかなかったのだ)

あらためて思うと、さすがに睡魔《すいま》に襲われた。

寝ているあいだに、焼継屋の六郎太が来て、駕籠溜りの空き地で店開きをするだろう。六郎太にも、品川での変わった話題はないはずだ。

こたびの件で、李之助の最も危惧した、同心たちと直《じか》に話したのは、ほんの一言か二言だった。

「ふーっ」

李之助は大きく息を吸い、ゆっくりと吐いた。

天保九年の夏も、すでに文月《ふづき》（七月）に入ろうとしていた。

光文社文庫

文庫書下ろし／傑作時代小説

門《もん》前《ぜん》町《ちよう》大《たい》変《へん》　新《しん》・木《き》戸《ど》番《ばん》影《かげ》始《し》末《まつ》㈣

著　者　喜《き》安《やす》幸《ゆき》夫《お》

2022年10月20日　初版1刷発行

発行者　鈴木広和
印　刷　ＫＰＳプロダクツ
製　本　榎本製本

発行所　株式会社　光文社
〒112-8011　東京都文京区音羽1-16-6
電話（03）5395-8149　編集部
8116　書籍販売部
8125　業務部

ISBN978-4-334-79442-2　Printed in Japan

組版　萩原印刷